Awarded Novels
长青藤国际大奖小说书系

Slake's Limbo

地下121天

〔美〕费利斯·霍尔曼 著　蔡美玲 译

晨光出版社

向上吧，少年

  备受美国图书馆协会推崇的《地下 121 天》是一本不厚、但很有分量的书。这种分量并不只因为它荣获过很多奖项，是著名儿童文学作家费利斯·霍尔曼流传最广的一部作品，还因为故事本身即有着厚重的力量。

  在阅读这个故事的时候，我们的视线将很长时间都看不见天空。主人公史雷克身体柔弱，心灵敏感，他在地面上没有家，也没有享受过任何温情和善意，因此始终视地铁如避难所，一旦地面上的情况失去控制，他便逃往地下，逃进地铁里。有一天，就在这样的逃亡中，一连串的意外导致史雷克困在了地铁里，这一次，他一共在地下待了121 天。

  一个身无分文的男孩，是怎样在地铁里生存下去的呢？他甚至还能在地道里建立自己的"城堡"，找到家的感觉？地面上无法给予他任何温情，而这个看上去更加混乱沉郁的地下世界，又能让他享受到温暖吗？

  循着主人公忐忑不安的视角，这本书的故事情节在小心翼翼地发展着，这是一场地下世界的冒险之旅。在人来人往、线路交错的地铁换乘站，史雷克仿佛脱离了真实的生活，决定重新开始定义自己的人生。他积极地寻找办法养活自己，顶着巨大的心理压力去面对看似心怀恶意的缠头巾男士，不仅想尽办法变废为宝，而且还尽力装饰着自己的小窝。从这一点来看，这个看似柔弱胆小的男孩，其实内心充满了勇气和能量。他所开口说的每一句话，所做的每一次尝试，都是走向蜕变之路的努力。

　　所以这个主要发生在地下的故事，其实充满了向上的力量。远离惯常所面对的环境，在陌生的地下世界里，史雷克努力找回内心的平静和信心，找回对生活的美好憧憬。他在文中说："生命就如同一种韧性十足的野草，可以在沙砾堆、在破损的人行道、在恶臭的街巷里生长。既然如此，那在地铁里求生，总不至于比在别的地方更加困难吧。"同样地，如果能身无分文地在地铁里生活 121 天，那么，在地面上的任何地方也不会更加困难了。在故事的最后，史雷克是否是这样想的呢？他还是否会重新回到地面，去面对复杂艰难的人生？

　　这本书曾被译者蔡美玲誉为"少年的精神小传"，表面上看似在写如何在地铁中求生，实际上全书充满象征和隐喻，许多细节和线索都值得细细品味。比如书的结构非常特别，除了以史雷克为主线的章节外，还穿插着题为"另一条轨道上"的章节，讲述了另一个主角威利斯·维尼的故事。正因为在结构与寓意上如此精心的设计和安排，这本书一向受到各种班级读书会的青睐。著名儿童文学作家艾登·钱伯斯曾大力推荐此书作为班级读书会的必读书目。在他的专著《说来听听：儿童、阅读与讨论》一书中，他用 19 页的篇幅详细记录了一个班级为期 9 天的阅读和讨论日记，而他们读的正是这本《地下 121 天》。

　　这就是好书的魅力——好书能引人思考，令人越思考越爱读。具体到这本书，阅读它就像经历一场精神洗礼。向上吧，少年！没有什么能阻挡少年向上的、想飞的心！

Contents
目录

Slake's Limbo

地下121天

那是他从前的愿望
——他曾希望树上的叶子一年四季都不会落。

1. 蓝灰色的毛衣

那件事终于发生的时候，一切都很合乎逻辑，一点儿也不让人觉得惊讶。其实，史雷克在年纪很小的时候就是这样了，一旦地面上的生活让他感到难以忍受，他就会往地下逃，逃进地铁里。他的口袋里随时都装着一张地铁票，以防发生任何紧急情况。偏偏那样的紧急状况又总是层出不穷，对于孤零零的史雷克来说，生活中的不公平和不如意总是接二连三地出现。

我们从头开始讲这个故事。

我们的主人公史雷克是个个子矮小的男孩，不管有理还是没理，谁都能欺负他。真逮着史雷克的话，那些不怀好意的人也是不会客气的。只不过，史雷克长得精瘦结实，应变能力也不差，每次都有办法逃脱。比如，他会跑着跑着中途改道，然后原路返回，再重新改道……最后，他总能神不知鬼不觉地潜入地铁里躲起来。一般他都会尽量躲在地铁站隐蔽的角落里，以节省车费；实在万不得已时，他才会花钱坐地铁。总之，他会在地铁站里等到事情都平息下来，头顶上方的那个世界又变得能熬下去了，他才会返回地面。

这就是故事的开头。

无论对于什么人，史雷克都派不上用场。这一点早在史雷克很小的时候大伙儿就都明白了。史雷克视力不好，笨手笨脚的；他还对烟味严重过敏，不管派他去做任何别的事，都非常冒险。曾有两次，他被人哄骗着抽了根烟，结果就被送进了医院。久而久之，他就成了人见人怕的小瘟神，大家要不然不理他，要不然就把他当成取笑和捉弄的对象。

还有一点要补充一下——史雷克爱幻想，他脑子里总装着一些不切实际的想法。

然而尽管总是挨饿，他却很少幻想关于食物的事情。他偶尔会幻想自己变得比别人更强壮、更高大，幻想有一天轮到他居高临下，把别人打得满地找牙。不过，他想得最多的还是某个"别的地方"……任何一个"别的地方"。只是，那个地方究竟在哪儿呢？

由于老是整天东想西想，史雷克走路时不是撞上电线杆，就是一脚踩进没过脚踝的水洼；不是碰倒了什么把袖子弄湿，就是像狗爬一样跌下学校的楼梯……跌下去之后，他还可能会招来老师的责骂和同学们的嘲笑。有时候，他刚刚爬起来站好，就又被一些同学推倒。

史雷克的眼镜也让他的处境变得更加糟糕——又或者说，是因为他没有眼镜，情况才这样恶化。起初史雷克戴着一副近视眼镜，但他老是不小心把眼镜摔碎，后来就干脆不戴了。没有眼镜，三米之外的世界在他眼里就会变成茫茫的一片迷雾。雾里人群熙熙攘攘，车辆来来往往。他脚下的地面会突然冒出一个破洞，台阶会陡然下降，而电线杆呢，会猛然阴森森地逼到眼前，接着……他就砰地撞了上去。因此史雷克老是这儿肿个大包，那儿青一块紫一块的。

哦，那些都已经是过去的事了。现在我们之所以说起来，是为了更好地讲述接下来要发生的故事。让我们来总结一下：在这个新故事开始之前，最单纯、最实际，也最圆满的事，便是相信史雷克是一个十三岁的孤儿，他个子瘦小，眼睛近视，爱幻想，还老是受伤。他在这个城市出生、长大，但却像一个外来人（对于整个世界来说，他也像一个外来人）。他是一个口袋里总揣着地铁票，对生活的信心时断时续的少年。至于在其他方面，他和那些在脖子上挂着家门钥匙长大、在垃圾乱扔的街道上自生自灭的普通孩子，并没有太大的不同。

放学后，史雷克拖着脚步回到自己所住的公寓楼，沿着昏暗的楼梯往上爬。他一边闻着楼道里散发出的异味、听着台阶上发出的嘎吱的响声，一边觉得自己简直就像个窝囊废——老师和同学以及那些与他一同吃住在这栋楼里的人，经常把这个词公然地挂在嘴边。每天早上，他这个窝囊废，会被照看他的、大概算是他阿姨的人一巴掌捆醒。接着，他就从床上爬起来，站在轰隆作响的冰箱面前，啃着碰巧拿到手里的食物，也不管是什么食物，然后再把凉凉的咖啡倒进嘴里。吃完这样的一顿早饭，他又将自己那窝囊废的身子带到学校，在教学楼里每天要爬的楼梯和过道上，与其他呆愣的、空洞洞的人类躯壳擦肩而过。

然后呢，虽然他那双眼睛几乎无法看清教室里的时钟，不能看到午餐时间是否到了，但他那又冷又空的肚子会自然而然地发出提醒。

等到钟声敲响，宣告午餐时间真的到来时，史雷克就会从口袋里掏出各种各样的零碎吃食来当做午餐，虽然那些东西看上去仿佛永远也无法混在一起。实际上，它们也凑不成一顿饭。

有时候，如果早上起得晚，史雷克连凉咖啡都喝不到，只能空着肚子赶到学校。等他在自己的位子上坐好时，最后一遍上课铃也许刚刚响过，也许早就响过了。他只觉得耳朵里的血管在猛烈地跳动着，而老师的责骂也往往会在这个时候传入他的耳朵里。

有一回，史雷克的运气实在太好了。就在他这样空着肚子急急忙忙赶到学校时，刚好点到他当旗手。

"全班起立。旗手史雷克出列！"

于是，气喘吁吁、咳嗽不止、肚子冰凉和手脚发冷的史雷克，站到了全班同学的面前。他勉强举起国旗，难受得膝盖窝里的肌肉都在抽筋。

"我发誓对国旗……"在国旗下宣誓时，全班同学的声音大体一致——除了史雷克的。

老师气得一只手颤抖着扬起来。

"史雷克同学，你别以为自己正举着旗子，就有理由不跟着念了。从头开始念！"

"我发誓对国旗……和国家……尽忠……"史雷克的声音渐渐弱了下去，"……为……共和……"他原本并拢的两只膝盖放松了，手里抓着的国旗杆不知不觉地往下溜去。但还没等旗杆触地，他自己就先倒下了。

从那个史雷克称之为家的屋子里往外望去，远远地能看见城铁的高架桥。厨房里放着一张小小的帆布床，那就是史雷克睡觉的地方。睡在小床上时，史雷克总会做同一个梦。由于做了太多次，对梦境太熟悉了，所以不管是醒着还是睡着，史雷克都仿佛在那个梦里。梦境大概是这样的：在就快醒过来之前，史雷克会梦见一只小鸟从窗外飞来，停在被熏得乌黑的窗台上。窗户是开着的，但只开了一条小小的缝隙，小到让史雷克在屋里不至于被憋死而已……梦中，那只小鸟颤颤巍巍地停在窗台上，停在靠近里侧的窗边，仿佛随时都有可能掉进或者飞进屋子里。史雷克很为小鸟担心，他很害怕那只属于天空的小生物会一不小心闯进这间不快乐的屋子。每次一看见小鸟，史雷克就张开嘴高喊，想把它吓走。但就在他高喊时，那只小鸟的身子会突然往前一倾，接着便飞进了他的嘴巴。然后，史雷克就一口将它吞下肚了。

每次从梦中醒来，史雷克都会感觉喉咙里堵堵的，恶心得想吐。但这种感觉马上又会被另一种更奇怪的感觉所取代——他会真切地感觉到那只小鸟在啄着他的肋骨。

平常醒着时，史雷克也常常能听见那只小鸟的哀鸣。

故事讲到这里，也许你会疑惑：难道在史雷克所处的这个不公平不友好的世界里，就没有一个人肯跟他做伴吗？

其实，史雷克也曾经有一个伴，他的名字叫做乔瑟夫。乔瑟夫的脑子出了点问题，脸上总是挂着一抹若有若无的微笑，表情有些茫然。他不识字，甚至也很少说话，但在他的身体四周总是笼罩着一股平静，正是这股平静让史雷克找到了他。他们俩在一起时，常常是默不作声地待在某个角落里。偶尔，乔瑟夫会在史雷克的背上轻轻地拍一拍。

他们喜欢沿着公寓楼附近的几条街来来回回地走，走上很长时间。一路上会经过高墙密闭的大楼、堆满垃圾的空地，还有被整片涂鸦的墙面……那些涂鸦不外是各种人名、绰号和难听的话。他们俩在人群中穿行，对擦身而过的人视而不见。天气好的日子，这条街上的居民和宠物纷纷从各自的窗口探出头，观看窗户下面的人生。天热的时候，路边的消火栓喷着水，把在附近玩耍的孩子喷得浑身湿透，尖声欢叫。地上的垃圾漂浮起来，救护车和警车呼啸而过，洗过的衣服有气无力地挂在火灾逃生梯上，捡垃圾的老人在垃圾堆中翻找有用的东西。

就在距离史雷克的公寓楼十个街区外的一条大马路上，有几排旧房子，每栋房子前都有一小块空地，还有一道大得像露台的门廊。在其中的一道门廊上，放着一张长椅。史雷克对那张长椅十分着迷，经常大老远地走到那儿去，就只是为了瞧它一眼。

那张长椅其实是一块墓石，靠两块基石支撑着。

"乔瑟夫，你说，那张石头长椅会不会是从墓地里偷来的？"

乔瑟夫没有回答，不过史雷克一向也不会期望乔瑟夫给他答案。"要不然，那就是住在那栋房子里的家伙，早早地为自己预备的墓石。"

史雷克更喜欢后一种说法。他想象屋子的主人会在阳光普照的下午,轻松地坐在这块墓石上休息。而不久之后,那人便改为躺在墓石底下了……永永远远都躺在底下。

跟乔瑟夫一起散步,真是自在极了。

有一阵子史雷克很纳闷,为什么那些街头混混从不来找乔瑟夫的麻烦?

这个问题的答案,史雷克隐约地感觉到了,但却并没有真正地明白,那就是乔瑟夫身上的神秘特质:在争战中有和平,在悲惨中有幸福,在风雨中有阳光。

暑假里,一辆卡车撞上了乔瑟夫。

史雷克于是再没有了同伴。

故事就这样发展着,直到"毛衣日"那天的到来。那一天也是咱们这段开场白的结束。

有一天,史雷克偶然在一节地铁车厢的座位上捡到了一件毛衣。那毛衣上织着蓝灰两色交错的菱形花样,几乎是全新的。他穿着毛衣去上学,没想到却被同学从身上扒了下来。

几个不怀好意的同学，强迫史雷克把手臂举到头上，然后用力拉着他转圈，直到把毛衣扯下来为止。抓到毛衣后，几个人先是拿它在空中挥舞，再把它当成足球似的抛得高高的。为了抢回毛衣，史雷克拼命地东奔西跑。

　　"在这儿呢，笨笨！"有人叫道。

　　"有两把刷子呀，小子。跳呀，加油啊！"

　　"呆子！在这边呢！"

　　"来拿呀，史雷克老兄！来拿呀！"有人起哄道，作势要把毛衣还给史雷克。史雷克信以为真，迎了上去。

　　"加油，跳啊！"毛衣又被抛到了大家的头顶上。

　　接着，这几个人齐步向史雷克靠近，而毛衣被他们戳在一把扫帚的柄上，举得高高的。一场追逐战就此开始，几人先是在停车场的计时器旁边和水果摊周围绕圈，接着穿行在一条条巷子和一片片垃圾场中。

　　每次像这样的追逐结束时，史雷克的结局不是身上又增加了好多肿块和淤青，就是逃进地铁。

逃进地铁吧。可这次逃是逃了，史雷克的梦想——那个想要比别人强壮、比别人高大，甚至是强壮极了、高大极了的梦想，连同他那件百分之八十加工毛、几乎全新的漂亮毛衣，都在不经意间滑离了他的掌控。

被追赶到最后，史雷克在检票闸那里匆匆塞进随身携带的地铁票，随即跳上了正要开走的列车。

地铁哐当哐当，摇摆着进了市区。流浪汉有流浪汉的本能，史雷克凭借骨子里不输给其他流浪汉的本能，在七十七街和莱辛顿大道的交叉口，逃离了所搭乘的列车。

这个选择本身非比寻常。因为，以往史雷克几乎只在换乘点下车，轻易不会出地铁站。这次如此匆忙地出站冲到地面，若是没有钱再买张地铁票的话，他就别想回家了。而那一点点买票的钱，他偏偏就没有。

出了地铁口，走上街道时，史雷克发现这是一个他以前从未来过的地方。往南走了两个街区，来到奇宽无比的七十九街后，他开始往西走。

往西去的路上，是一排排整洁漂亮的商店、干净的高大建筑、没有什么垃圾的人行道以及街道两边被照料得爽爽利利的小树。没有空易拉罐、垃圾，或者其他杂七杂八的废弃物，建筑物的门前很少有台阶和门廊，也没看见有人在楼房附近站着或坐着。这些新奇的景象，一一吸引着史雷克的注意力。

在等待横穿公园大道时，史雷克瞧见了一个年纪不大的送货员。他骑着单车在繁忙的道路中穿梭，就像在驾驶一辆精致的汽车，看得史雷克打心底里佩服。

史雷克继续沿着七十九街走，在穿过第五大道之后，他便走进了中央公园的秋景之中。

看见公园的第一眼，史雷克的心底就浮现出了一个念头。那是他从前的愿望——他曾希望树上的叶子一年四季都不会落。虽然史雷克从小到大实在记不得几棵树，但这个想法却一年又一年不断地在他脑中出现。他沿着公园里的小路奔跑起来。树梢上仅剩几片叶子颤巍巍地挂着，路面积存的落叶已足够让他踢飞起来，制造出万花筒般的变化。

　　史雷克在巨大的中央公园里，一路往南跑了二十个街区。越跑他就越深入公园，而离家也就越来越远了……越来越远。然而，他心底那份渐渐颓丧的信心却被一种希望所取代，那是他最后的一个希望。在失去了毛衣、失去了随身携带的地铁票之后，他转而希望能把自己安置在大自然里。

　　"就是今年……"史雷克边跑边告诉自己，"就是今年，所有的叶子都会留在树上。"在这片新领土上，史雷克内心的热切盼望以及这个信念瞬间所产生的刺激，让他突然觉得有点头晕。他匆匆扫视了一下四周，附近只有一位上了年纪的老妇人坐在公园的长椅上打盹。她的嘴张着，头发像是借来的。

　　史雷克走到一排长得歪七扭八的枫树下，随手拔了一把高高的枯草，然后爬上一棵枫树，躲藏在它低矮的枝丫间。阳光照射过来，他眯起了眼睛，想把几片还挂在树上的叶子牢牢地绑在树枝上。

　　那一刻，是史雷克有生以来感觉自己最高大强壮的时刻。可惜，那种感觉只持续了一小会儿。

　　一名公园管理员挥舞着草耙、叫嚷着跑了过来，

瞬间击碎了史雷克宏伟的梦想。

"你，流浪小子，快给我下来！"

史雷克被吓呆了。

"你没听见我说话吗？快给我下来！"管理员拿起草耙戳着枫树，可史雷克早就往上爬到他戳不到的地方了。

"有种你别走，我去找警察来！"那个男管理员转身跑向附近的公用电话亭。长椅上的老妇人被吵醒了，开始指指点点。

史雷克清醒过来，立刻把幻想抛在脑后，急急忙忙地跳下枫树，在公园里转了两个弯之后，他跑出了公园，跑向最近的地铁站。急步奔下楼梯时，他又犯了一次错——他没有钱买票，直接从检票闸的十字转门下钻了过去，进了哥伦布圆环地铁站。

这一次，史雷克在地铁里共待了一百二十一天。

2. 地下的房间

整个下午，史雷克都在不停地坐地铁。

他时而横穿过城市，时而随同铿锵向前冲的车厢把城市分割成好几块。有时他又穿越隧道和地洞，把之前分割出来的那几大块再细切，变成更小的条块。他呆呆地坐在车厢里，看上去就像一具飞速移动的木乃伊。只有在换乘站下车的时候，这具木乃伊才会复活，改乘其他线的列车，驶向这个大都市地铁系统的某个偏远角落。至于那趟列车究竟是开往哪个角落的，史雷克觉得无所谓。他先后经过的地方包括：布朗区、皇后区、布鲁克林区，然后又折回来，咣当咣当地进入曼哈顿上西城。之后，又南下到炮台区，再返回来。最后，到达莱辛顿大道线的四十二街地铁站时，他出了地铁。那儿，是纽约的大中央车站。

是什么力量，在这个特别的站点，把史雷克从列车中拉了出来呢？又或者说，是什么将他送到了这个特别的地点？总之，有某种东西带领他穿越了大中央车站这个迷宫，带着他与摩肩接踵的人群一同穿过十字转门，走上一段楼梯——史雷克迈步上楼，这是一个相当关键的举动。

就在他刚要爬上台阶时，一大队少年飞奔下楼，跳跃的脚步集结着重量。这样的大队人马，呼啸弹跳着，劈头盖脸地出现在史雷克的上方，以超越惯性和引力所允许的速度，看起来就像要一扑而下。面对这样的景象，史雷克感到喉头发紧，不由得改变了前进的方向。他转身疾跑，砰砰的脚步声呼应着耳内砰砰的血液奔流声。

回头向站台飞奔的史雷克，犯下了这一天当中的第三次错：他又没买票，强行从十字转门底下钻过，再由最靠近转门的那段楼梯往下跑去。

"拦住他！"售票窗口后的一个男人高喊道，可是谁也没有理会他。

可史雷克仍旧像被人穷追猛赶似的，拼命地跑着穿越这个地铁车站。他跑过开着窗户的调度办公室，来到站台的尽头。他明白，这儿真的就是尽头了。于是，他连看都没有回头看一眼，就一跃而下，跑进了隧道里。

刚跑了二十步，史雷克就如同从噩梦中惊醒，猛然意识到了自己身在何处，正在干何事——他的双脚正踩在地铁轨道上，双手紧抚着粗糙的墙面。他的身后是恐惧，前方则是一片漆黑。史雷克就地呆住了。他的脊柱本能地拉着后背紧贴住墙面，将他拉离车轨、避开任何一辆可能驶来的列车。

天啊，驶来的列车！

史雷克伸出手去，狂乱地摸索着他知道一定能找到的东西：那种他在地铁车站、从车厢里看到过很多次的东西，也就是那些能让在轨道里工作的工人暂时躲避过行驶的列车的水泥壁槽。

站在第三条铁轨的枕木上，史雷克小心翼翼地、一点一点地移动着，双手探寻着壁槽。没想到壁槽没找着，他的手先发现了别的东西——一个洞！就在隧道的一截墙壁上，有一个边缘不太齐整的开口。

　　史雷克试探着摸索过去。借着附近的地道灯投下的微弱光线，他辨出这个洞的另一头似乎也是墙壁。

　　他僵硬的四肢不住地颤抖着，迟疑地进入这个开口。他先让一条腿滑进去，探到坚实的地面后，再将身体其余的部分挪入。他小心地站直身子，不确定这个兔子洞到底有多高。

　　结果，他并没有撞到什么东西，双脚也不是踩在铁轨的基床上，而是踩在平坦的岩块外加不多的小石子和木材之上。

　　等到眼睛适应了洞内的光线，史雷克缓缓移动脚步，发现自己正置身在一片开口不平整的小天地内。那个他刚刚穿过的唯一的开口，是由隧道的混凝土掉落后形成的。这个地方没有被占据过或者利用过，看起来该有个更贴切的名称才对，可以说这是……地铁里的一个房间。

史雷克在洞里距离开口最远的那一端，背靠墙坐了下来。真的，没错，折腾这一番的结果是：他搬家进来了。

史雷克的这个藏身处——或者说他的这个新家吧——这么棒的一个地方究竟是怎么形成的呢？原因有这么几个：一、某些人错误的判断；二、一个炎炎夏日的效应；三、酒精产生的不幸后果；四、一个幸运的巧合，一个史雷克当时不知道、过后也永远不会知道的巧合。不过，也大可以说史雷克的这个房间跟地铁已经没有任何关系了，反倒是跟海军准将大饭店有更多的关系，因为史雷克此时背靠着的，正是大饭店的墙壁。

海军准将大饭店修建那年的情形，与今天的情况可以说并没有多大的不同——也就是说，万事都有可能出错。

早在史雷克出生之前好多好多年的一个很巧的日子，事情就出了差错。时间是二十世纪第二个十年的一个炎炎夏日。一个名叫科金的工人与另一个名叫木荣尼的工人，在预备修建饭店的地洞深处，负责爆破工作。那天中午，两人吃的是以酒为主的液体午餐。饭后，他们从那份惬意中返回工作场地，由于计算错误，炸药准备多了，爆破的角度也有所偏移。结果，海军准将大饭店的地基便炸到了预定的范围以外，那面原本用来分隔饭店与地铁隧道的岩壁，竟被炸穿了。后来，在地铁建造期间，在众多的小窟窿当中，这个无遮无掩、容量又大的洞穴，就充当了临时的器材仓库。再后来，随着地铁工程的进展，许多洞穴都被逐步推进的隧道壁覆盖了。

科金与木荣尼将这个洞穴炸穿后，着实被领班好好教训了一顿。他们俩奉命想办法撑住这部分岩壁，别让这块地基塌掉。两人设法竖起了牢固的钢质框架，再把强化混凝土抹在这些曼哈顿片岩上。一切妥当之后，他们把这个被炸开的洞穴与海军准将大饭店相连的一边封了起来。于是便留下了这个无门无窗的小空间。

随着岁月的流逝，地铁隧道这边的混凝土墙壁受到了时间、气温和振动等因素的影响，损害严重，慢慢地产生了不少发丝般的细小裂缝。这些裂缝又逐年增大，一些混凝土破片便渐渐掉落了。最后，洞口处的混凝土层完全掉落，这里就成了史雷克的房间。因此，这个房间是拜海军准将大饭店的建筑工人——科金先生与木荣尼先生所赐，他们早在史雷克需要它的半个多世纪前，就为他准备好了。

所以我们的主人公史雷克，这个窝囊废、树叶乐天派、擅离职守者、逃票者，就这样落脚在不受纽约 IRT 地铁线管辖、实际上归属海军准将大饭店建筑物的这个房间内。

要是史雷克知道这个令人欢喜的事实，不知道内心会有什么样的变化。这是史雷克毫不知情的众多惊喜之一，他可能会受影响，也可能不会。但不管怎样，我们说这个房间的存在以及史雷克搬进来住，这样一个单纯的结果才是真正有意义的事。这么说，应该不会引起争议吧。

另一条轨道上 1

　　史雷克在洞里歇着歇着就睡着了。这期间有很多列车驶过这个地铁站，它们进站停靠，又快速驶离，都经过了史雷克的洞穴。

　　这些列车当中，有一辆是由一位名叫威利斯·维尼的司机所驾驶的。

　　一开始，威利斯并不是司机。在很小的时候，他的理想是去澳大利亚的大牧羊场工作。这个愿望非常强烈，萌发于一个下雨的周末下午。每到周末，威利斯最喜欢做的事情就是到兰朵斯岛去，在崔巴若桥下绕着铁轨慢跑。威利斯喜欢跑步，跑步能让他暂时抛开所有的思绪，让他脑子里剩下的唯一一件要紧事就是再多跑一圈。不过，如果碰到下雨天，他就会跟伙伴们一起去看电影。

如果你现在去问威利斯，在那个理想被激发的雨天下午，他在电影院里看的是什么电影，他也回答不上来，但他却能详细地告诉你当时放映的广告短片是什么。那是一部有关在澳大利亚的牧场牧羊的短片，屏幕上是成千上万亩的牧场，一直延伸到地平线的尽头。

在那一刻之前，威利斯完全不知道自己的理想是什么。那部短片里赶羊的男人身体都非常强壮。你真应该看一看，在替那些绵羊剪毛时，他们是怎么抛掷那些壮绵羊的。高坐在马背上的那些男人，都拥有漂亮忠实的狗儿来帮忙牧羊。整幅景象深深地吸引住了从未有机会跨上马背的威利斯。现实生活中，威利斯的地平线被高楼大厦所阻挡，房东也不让他养狗。因此，放牧那些绵羊就成了他一直以来的美梦。

　　一辆列车经过了，它是由一位梦想去澳大利亚牧羊的司机驾驶的。这样的梦想，要通过什么方式才能与史雷克扯上关系呢？

3. 黑白相间的云朵

史雷克背靠岩壁坐着。此刻他的思绪就像全速运转的机器，他的精神是只惊恐的小猫，而他的四肢则是疲软且不协调的齿轮。他的头低垂着，下巴抵在胸膛上。但他并没有睡着，而是快不省人事了。他就那样纹丝不动地坐着，坐了好几个小时。列车载着乘客来来往往，到站、刹车、暂停，很快就又启动，嘎啦嘎啦地驶过史雷克的洞穴。也有可能这些列车根本就没经过他那个小窝，因为它们不曾让史雷克担忧，连眨个眼都没有。

平日里，在某个时间点之后，列车的趟数便会减少。那些充塞隧道的寂静，反倒把史雷克唤醒了。他抬起眼皮，望望头顶上方，又看看四周。

地道灯的光线隐约地照进他的房间。他眨眨眼，等到眼睛适应了微弱的光线后，他清楚地看见了自己所在的地方。这个房间大约一点二米宽、二点四米长，天花板很低。周围是抹了水泥的钢梁骨架墙壁，还有铺着岩块、散石以及几块木材的地面。大致的情况就是这样。弄清楚了环境，史雷克便背靠着海军准将大饭店的墙壁，安心地坐了下来，感觉呼吸稍微舒坦了一些。

要是那个时候，史雷克具有广角视力的天赋、能够把上下左右各个角落都看清楚的话，他就会看到位于四十二街的海军准将大饭店的正门。那扇正门虽然老旧，却仍不失宏伟气派。他会瞧见出租车和豪华小轿车开到正门的前面，以方便有钱人下车。那些人下车后，会步入正门，踩上柔软如流沙的地毯。神奇的是，史雷克也是这幅景象的一个部分！可问题是，他不知道这些。

这实在是关于意识的一种诠释。比如说，有可能一个人在睡梦中被扔到海里淹死了，即使他并没有意识到、也没有感觉到自己被淹死，也不能改变他已经被淹死的事实。

因此，在饭店的地板下方，在壁炉、导漕和水管底下，相隔数层岩石之下的史雷克的房间，说穿了，与海军准将大饭店根本就是一体的。即使史雷克毫不知情，也依旧抹杀不了这个事实。他所在的那个地洞，分明就是一处避风港，一个舒适的住所，是史雷克在这个世界上的落脚点。

当然，就像一个硬币有正反两面一样，这件事情的另一面就是，海军准将大饭店有一个部分，是身为饭店"共同体"的这个部分自身也不知情的——那就是饭店底下存在着一个密室，一个收不到房租的房间，而如今，它甚至成了收不到感谢、扣不到税金的慈善事业。

这间密室的存在，还有可能暗示着其他什么不为人知的地方呢！

现在，在经历了长时间的神经紧张之后，史雷克进入了一种时睡时醒的状态。沉睡时，他没有做梦；半醒时，眼前会浮现出模糊的画面。

从记忆出发，史雷克重建了一段过去。那是什么时候的事呢？那些时间更近也更难以忍受的现在，早就将那段过去模糊化、朦胧化了。但此刻，他那段非常短暂，短暂得几乎不曾被称为童年的童年记忆重返了。他看见自己——史雷克——待在一个很像乡下的地方。那时他是所谓的新鲜空气儿童，是受到基金会赞助的城市贫困孩子，被送到乡下去过暑假，呼吸那里的新鲜空气。

那座房子后面有偌大的一片空地……那是谁的房子呢？空地上有个典型的农家小院，院子里还有间猪舍，里面养着一只干干净净的猪。住在那栋房子里的小孩，喜欢把猪舍那扇干净的白门当成秋千荡来荡去，一来是觉得好玩有趣，二来也算是一种运动。当那只猪嚼着一成不变的猪食的时候，孩子们就骑在猪舍门上将门荡出去，再荡回来关上。每次门一开，那只猪就会转身跑过来。可还没等它跑到门边呢，孩子们就高叫着，迅速把门荡回去关好。他们总会说："好险，就差一点儿了。"每次都"好险，就差一点儿",只有一次例外。史雷克此刻所回忆的,正是那次例外。

当时猪舍门刚一荡开,那只猪就朝着门口跑来。不知怎么的,孩子们把时间估算错了,让那扇门开得太久,以至于猪终于跑了出去。孩子们一开始还在笑闹,取笑谁更胆小。也是为了找点儿乐子,他们开始尖叫着跑在猪的前面。史雷克也夹在当中跟着跑,只是他并没有笑。即使真有声音从他嘴里发出来,那也不是为了取笑任何事物。就在那时,孩子们的爸爸妈妈,还有两位穿着修女服的修女从房子里走了出来。史雷克心想,他是为了自己的小命才跟着两个小孩跑上街的。而他的后头紧紧地跟着那只猪,猪后头则跟着孩子们的爸爸,爸爸后头跟着那两位修女。他们跑动时仿佛黑白相间的一朵云。史雷克一直跑,一直跑。

要跑回家吗?可是,家在哪儿呢?

在洞穴里,半梦半醒的史雷克暂时停下奔跑,沉沉地睡着了。

4. 开始做生意

第二天早上醒来时，史雷克脑子里浮现的念头是：没有警察在追赶他，他也不是某个重大案件要抓捕的对象，甚至，他也没有受到平日里所承受的那些压迫。

那一刻，史雷克感受到了极大的自由和轻松。

不过，这么长的时间没有吃东西，他饿得有些头晕，而且这样缩手缩脚的姿势也让他坐不安稳。这两个因素加起来，让他觉得虚弱，以至于误以为自己此刻所处的情境，是老天爷赐予的幻象。某种神秘的存在已经进入他的细胞，正在大声地对他说：

“史雷克，你自由了，起来吧！”

史雷克站起身来，把头伸到洞口外面。潮润但还算通畅的空气化作阵阵微风吹了过来。地铁隧道里的空气，最突出的特点就是幽暗潮湿。史雷克还闻到了其他几种味道。他仔细地分辨，闻出其中一种味道很像汽油，还有一种像洋葱花生。他对汽油味不感兴趣，但花生味却很诱人……非常诱人。

他探出洞口，目测了一下地道的长度，同时留意有没有列车正要开来。没有，他没看见、也没听见有车要开过来。于是，他紧盯着第三条轨道，小心翼翼地迈出洞口。

史雷克紧贴着墙壁，走到站台附近，再继续沿着铁轨走下去，然后横越过轨道。到了仍旧低于站台高度的地方，他偷偷地往调度办公室那边看了一眼。办公室里有一个男人，史雷克没机会从这里爬上去了。他改从站台的边缘底下溜过去，从这头潜行到那头，没让人瞧见。到达站台那一边的尽头时，史雷克站直身子，看见候车的人群正站在距离他很远的中央楼梯边。他悄悄地从用来给铁道工人上下的一小段台阶登上站台，尽量装成刚刚到站等车的样子。他装得非常逼真，这是他有生以来为数不多的几次之一，他短暂地体验到了自信。"我变成演员了……绝顶出色的演员。"然而，他自己也明白，这么说有点儿太夸张了。

史雷克爬上一段楼梯，来到靠近十字转门的地方。这时他突然闻到了之前以为是汽油的那种味道。原来，那并不是汽油味，而是从男厕所里飘出来的消毒剂的气味。这种气味强烈而刺激，简直都要把史雷克的鼻腔和喉咙烧着。史雷克循着气味，走过去打探情况。负责打扫厕所的清洁工刚刚离开，厕所的地板还是湿湿的。在史雷克之前，或许这个清洁工所做的工作从来都没有得到过别人的感恩，他不会知道此时的史雷克对他有多感激。在接触过学校、廉价公寓还有地铁的厕所后，史雷克也算是经验老到了，他拥有足够的知识判断出，眼下正是这间厕所最最干净的时候，也是他清洁自己所难得的机会。他抓紧时间，大把大把地泼水洗脸、洗胳膊和手，再弓起手掌捧水喝，最后，还上了厕所。

史雷克一边奢侈浪费地用着水，一边意识到，这可能是他有生以来，为数不多的几个早晨没有被吼醒、没有被人从孤独的睡梦中强行拉起来，被迫投入人来人往、紧张兮兮的一天。此刻，他站在厕所里，用冷水将自己泼得湿淋淋的，虽然身子有些发抖，心里却隐隐地、有些古怪地感觉到一种自在，一种没有人催促的自在。

他举起湿手指拨弄着，将头发弄干。这时，他开始考虑自己饿得扁扁的肚子了，但又想不出该怎么解决。

他出了厕所，来到一个宽敞的地方。这里就像是中央大厅，可以供旅客来来往往。一大批乘客正好从开往曼哈顿上城的区间车里涌了出来。史雷克被夹在人群之中，随波逐流。人们似乎正将他推进一片长廊商场，但是，谁也没有对他投以丝毫注意。

他们连瞧都没有瞧我一眼，史雷克心想，就好像我是个隐形人。

不过，他在商店外面那些紧闭的、脏兮兮的玻璃门窗上看见了自己的倒影，知道自己并不是隐形的。虽然，他一直都希望自己是个隐形人。

事实上，更让他诧异的是，从他的倒影看来，除了没穿外套以外，他和旁边所有的人并没有太大的不同——哦，没穿外套……这个认识让他不只觉得肚子很饿，而且身子也很冷了。好在这两种不舒服都是史雷克所熟悉的，并不是什么大不了的事。他很擅长挨饿受冻，也擅长忍受其他的骚扰或者不适，甚至能忍到极限。

走着走着，史雷克经过了一扇玻璃窗，窗后的人有的站在柜台式的长桌边，有的坐在凳子上。他们好像都在努力地狼吞虎咽，就像很多个早晨，史雷克站在冰箱前吃东西时一样。史雷克停了下来，把脸贴近玻璃，以便看得更清楚一些。还没有上菜的桌边，坐着不耐烦地轻敲铜板的顾客。等咖啡一送上来，那些顾客就立刻把它端起来倒进肚子里，仿佛那些液体根本不用吞咽。

史雷克透过玻璃窗看去，感觉像在看电影。一个男人将皮质的公文包夹在两只膝盖间，举手向柜台边负责送饮料的女服务员挥了挥手。那个服务员

一脸的漫不经心，正慢条斯理地把冒着热气的咖啡从大大的不锈钢壶里倒进马克杯，再把杯子端到男人面前。男人撂下一枚硬币，端起杯子啜了一口。他的眉头皱了起来，接着又啜了一口。似乎是咖啡太烫了。又或者是他的喉咙比别人的要敏感一些？他瞥了一眼手表，拎起公文包离开了。他双眼四周的灰暗线条内写满了不高兴，这种表情甚至向上延伸到了前额。那杯咖啡仍然放在桌上，兀自冒着热气。史雷克走了进去。

把自己挪到那只杯子前时，史雷克的心跳加速，不知道接下去会发生什么事。长这么大以来，他还从未像现在这样，与穿得像上班族一样的人，一同坐在柜台式的长桌旁。

但是，事情并没有按照他所担忧的那样发生，这倒叫他吃了一惊。他呆呆地坐了一会儿，才伸手端起杯子。咖啡还很热。史雷克注意到，旁边的人都自行从长桌上的碗里取包装好的方糖，丢进咖啡杯内。于是他也伸出手，快速地取了一颗。再去取第二颗。然后，史雷克注视着那两块方糖渐渐吸收进咖啡的颜色和精华，慢慢溶入到咖啡里。于是他又取了一颗方糖。这次他撕开包装纸，把糖略微浸入咖啡里。方糖吸收了一点点咖啡之后，被史雷克塞进了嘴里。真好吃呀。

接下来，史雷克慢慢地、小口小口地喝着杯子里的咖啡。那热热甜甜的饮料，温暖了史雷克的肚子、喉咙、脖子以及身上的每一个部位。他的心跳得不再那么急了。

他用眼角的余光瞄了一下柜台后的那位女服务员。看到他坐在那个位子上，她好像一点儿也不觉得奇怪。

史雷克告诉自己："她以为这就是我点的咖啡。"

他一点儿也不赶时间。又一批顾客到店里来喝咖啡了，人们来了又走，史雷克仍在"喝着"他的早餐……他一共蘸咖啡吃了六颗方糖，而且，还非常有远见地搁了两颗在口袋里。离开这家餐饮店，步入商场的走廊里时，史雷克已经是一个身体比较暖和的孩子了，被饥饿折磨的痛苦已缓解了很多。确实，此时此刻，史雷克感到无牵无挂。

顺着走廊走过去，在穿过了不止一道十字转门，又登上了几段楼梯之后，史雷克发现自己来到了一个巨大的空间里——纽约大中央车站的主厅。

这片冰冷的、一览无余的宽敞之地，让史雷克记起了一件事——他应该回学校去上学才对。但一想到这里，两种真实的恐惧感就向他席卷而来：一种是从喉咙处向下降的，一种是从膝盖处往上升的。这两种分别下降和上升的恐惧，在他的内脏里相撞时，史雷克接收到的念头是：不回学校了。这不是一项决定，而是一项"不决定"、一个"不行"。

他呆立在原地。人群不断地从各个站台通往大厅的黑门里涌出来，与史雷克擦身而过。只有在被人推挤到的时候，史雷克才会略微晃动一下，或者稍微转动一下。他的视线被牢牢地固定在对面高高的墙上，那里有一块他有生以来见过的最大的屏幕。此刻屏幕上显示的是一道宏伟的瀑布。瀑布飞溅的泡沫和水滴又湿又真实，让史雷克感觉它们就要泼下来，浇到他的身上了。

史雷克保持那个姿势站了很久很久。过了好长一段时间，可能是因为脖子都已经仰得酸疼了，他才缓缓低下头来，开始环顾四周。上班的高峰时段已经过了。在没有新的人潮来指引也没有方向和目的的情况下，史雷克发现自己走进了一间清冷的候车室。室内有几排涂了亮光漆的橡木长椅，每张长椅上都只零星地坐着一两个等车的人。史雷克也坐了下来。

候车室里有个书报摊，卖报纸、杂志、棒棒糖、口香糖、喉糖、香烟、塑料鸭子、汽车和飞机模型等，还有其他各种各样数不清的商品。史雷克看到有人买了报纸和香烟，接着他又注意到了一件事：在起身离开候车室时，有些人并没有把报纸带走。"既然不带走，那他们买报纸干吗呢？"史雷克问自己。

这个问题的答案没有出现。这时，离史雷克不远的一名男子站起身走了，也留下了一份报纸。史雷克滑坐到长椅的那一头，捡起了那份报纸。起初他只是瞪着它，并没有真正在读。后来，他将报纸折叠起来，夹在腋下，开始慢慢地、眼也不眨地走到邻排的座位旁边。那一排的座位上没有报纸。但再下一排的座位上，有一份。

　　那份报纸里头，还有一只女式手套。史雷克拿起手套瞧了瞧，不知道该怎么办，便将它夹进了报纸里。在一张长椅的角落，他还发现了一个润喉糖盒子，里面还剩一颗糖，他也把它收了起来。他不知道自己为什么要这样做。反正，在他很小的时候，他便有这样的意识，如果见到被别人丢掉不要的东西，那就先捡起来再说，看看那些东西改天能派上什么用场。

　　按照心中一贯坚持的这个原则，在把候车室所有的座位扫荡过两遍之后，史雷克一共捡到了四份《每日新闻》、三份《纽约时报》，还有三颗纽扣、一支铅笔和一个洋娃娃的头。他把后面这几样东西放进口袋，坐下来小心仔细地把那几份报纸展开铺平，重新折叠整齐。这时他再次看见了那只手套，便将它戴在左手上。

　　接着他站起身，穿过甬道，走向地铁站。

　　还没等他走上二十米，一名急匆匆路过的男人便抓住了他的肩膀，将他拦下。史雷克立即吓得僵在原地。

　　"报纸！"那男人口中吐出两个字，可史雷克只是呆愣地瞪着双眼看他，"报纸，孩子！"那男人干脆不再等他反应，直接从史雷克的报纸堆中抽出一份，然后急急地把钱放进史雷克的手中便走了。

史雷克转身目送男人远去，不由得深吸一口气。

没经验归没经验，但史雷克到底不笨——他知道，他已经做起生意来了。

好！史雷克迈开步子，朝他稍早之前从地铁轨道里爬上来的那一段路走去，他的目标清楚得很。

到了十字转门附近，他紧张地留意着售票窗口内售票员的动静。等那个男售票员分心去处理别的事情时，史雷克假装去捡地上的东西，弯腰从十字转门底下溜了过去。这样做他其实怕得要命。对于史雷克而言，做违反规定的事并不比去做那些大家都认可的事更加容易。

走下楼梯后，史雷克来到了曼哈顿上城站的站台。然后他开始迟迟疑疑、畏畏缩缩地来回走动，想引起人们的注意，他的心跳声在自己耳内怦怦地响。等车的人群中，有的人倚靠在站台蓝色的柱子上站着，两眼直视前方，有的人则不耐烦地来回踱着方步。

　　"他们都没看见我啊。"史雷克在心里嘀咕着，满心盼望这回别人能看见他。

　　终于，一个好像完全没有在看四周的男人，把视线放到了史雷克身上。

　　"哦，买报纸吗？"史雷克问道。可这几个字的声音小到连他自己都怀疑对方能否听见。又或者，他根本就没有说出口，只是在脑子里自言自语？

　　那男人偏过头来，问道："什么？"

　　史雷克说："报纸。"这回这两个字就像喷射出来的一样。他出其不意的大声答复，让周围好几个人都转过头来，看着这边的动静。

　　男人说："不用，谢谢。"但是，另一个男人由站台的一边横了过来。

　　"我买一份《纽约时报》。"说着，他把零钱递给史雷克，史雷克马上把报纸拿给他。加上刚才卖《每日新闻》所得的一毛五，史雷克一共赚到了三毛钱，却连一滴汗水都还没有流！

　　随着一辆列车开进站，站台上的景象马上起了变化。就像水槽被拔掉了塞子似的，整个站台一下子清空了。史雷克孤零零地站在那里，只有在凉风从地道穿行而来时，他才会颤抖一下。就十一月的气温而言，这一天其实并不太冷。搭车的旅客不会特意把自己裹紧，脸上也没有冬天来临时常见的红脸颊和含泪眼。在冰冷的几个月来临之前，能有这样的温和天气，已是天赐。

过了一会儿，站台上的乘客又渐渐多起来，蓝色柱子旁又倚靠了好几个旅客。一个小男孩拼命想靠近站台边缘的黄线，不断考验着他妈妈的耐心。三个上班族模样的女孩在放声大笑，似乎刚刚聊了有趣的悄悄话。

史雷克清清喉咙，再次测试自己的声音。

"要买报纸吗？"他问。

三个女孩心不在焉地眯眼看看他。过了一会儿，其中一个女孩才对他说："你最好留神那些地铁警察，我还没见过有人在这下面卖报纸。"说完，她又转头回去，和同伴们继续讲刚才的笑话。

"哦，瞧，卖报纸的！"一个男人说着，把零钱放进史雷克的手中，自顾自地拿走了一份《每日新闻》。在站台上，"报纸"真是两个具有魔力的字眼。

又成功卖出了一份报纸，这种不费力气的好运让史雷克有些恍惚，以至于在下一班区间车开到时，他也跟着人流上了车。他没有明确的目的地。刚上车的乘客有的在互相推挤，为自己寻找空间；有的站稳了，紧抓住车厢内的吊环，像牵线木偶一样随着列车的行进而前后左右地摇晃。史雷克就近站在车门边。坐在车厢那头的一个男人向他打了个手势，史雷克有些害怕，不敢过去。

"报纸！"那男人大嚷着走过来，把一个两毛五的硬币放进史雷克的手中。史雷克吓坏了，不知对方到底想要哪一种报纸。他把硬币还回去，同时摇了摇头。他若收下钱，就得给这个男人找零。

"时报。"男人说着，有些不耐烦。

最后史雷克总算在口袋里找到了一个一毛钱的硬币。这实在是一次意外又累人的遭遇，他赶忙在四十九街站下了车。

做生意就像一场紧张而稀奇的冒险，史雷克觉得有点累，真想暂时不干了。他看看手中剩下的报纸，除了有一份被撕破了一点点，其余的都还好……那就别卖了，自己留着吧。况且，他已经想好怎么利用了。

他将剩余的报纸塞到衬衫底下，横越到市区站台那边。列车进站后，史雷克上了车，这次他知道自己要去哪儿了。

史雷克在大中央车站下了车。他先爬上楼梯，在靠近售票窗口的地方，花一毛钱买了一块雀巢巧克力酥，再转身顺着刚刚上来的楼梯返回站台。他在长长的站台上走了很远，一直走到站台的尽头，经过了调度办公室。他飞快地溜下台阶，安静地等着一辆列车进站后又离开，确认轨道里会有几分钟的空当时，他才溜到站台边缘底下，沿着铁轨走进隧道。

他摸索着昨天住了一夜的房间入口。起初他怎么也摸不到，心慌极了，后来摸到了，他便从洞口走进去。于是，史雷克回到家了。

刚到家，他就忙碌了起来，都等不及双眼适应洞内的黑暗。

他从衬衫底下掏出报纸，把它们一张一张地弄皱，直到变成松软的报纸团。他将大约三十张皱报纸放在房间的一角,再搬来两块木板压在报纸旁边,以免报纸散开。然后,他再把三份双层的报纸铺在上头——一个床铺就铺好了!

接下来,史雷克折了几张纽约时报,又塞进自己的衬衫底下,胸前和后背都塞了,再用另外两张报纸包住两条胳膊,并用鞋带绑好。最后,他在床上坐了下来,为刚才的忙碌休息一下。

躺了几分钟,他掏掏口袋,拿出早上喝咖啡时留下的两块方糖,还有在候车室里捡到的润喉糖以及刚买的雀巢巧克力酥。此时的史雷克虽然很饿,但这种饥饿的感觉却跟以前经历过的不太一样了。

史雷克发现自己已经下定决心,要在这块新地盘上安顿下来。在地铁里根本不可能活下去吗?这种念头他想都没有去想。当时就算有疑虑,史雷克也会觉得答案很简单。毕竟,他非常清楚,生命就如同一种韧性十足的野草,可以在沙砾堆、在破损的人行道、在恶臭的街巷里生长。既然如此,那在地铁里求生,总不至于比在他所知的别的地方更加困难吧。

另一条轨道上 2

　　那个去澳大利亚牧羊的念头，威利斯·维尼并没有真正放弃。

　　偶尔他也会去逛逛街，玩一玩自己喜欢的游戏机，从商店的橱窗里瞧一瞧，看看如果只能买一件自己最喜欢的东西，他该选择哪一件。街上有好多橱窗，有的里面全是手表，有的则是乐器，有的是各种各样的工具。在所有的商品当中，最吸引威利斯·维尼的莫过于那顶宽边帽。因为他觉得，在澳大利亚四处骑马的时候，很可能需要戴那种帽子。

这个牧羊的念头一直藏在他心里，甚至到了伙伴们都毕业去上班之后。他的朋友中有的去工厂或者修车厂做工，有的在公司里上班，大家都分散在各地。而威利斯依旧怀抱着牧羊的念头。

以往每年夏天，妈妈都会带他回爱荷华州的老家，与外婆相处一段日子。威利斯总是很期待可以搭乘灰狗长途巴士的假期，他也很爱外婆。

有一次外婆问他长大以后想做什么，他照实回答了——那个去澳大利亚牧羊的念头终于在谈话中被说了出来，这使它显得格外真实而具体。

"牧羊人？"外婆笑了起来，"孩子，我以前认识一个在蒙大拿州牧场工作的人。哎哟，闻到他身上的气味啊，你简直分不出他和一只羊有什么区别。后来，跟他比较熟了，我直接这样说他。结果，你知道他对我说了什么吗？"

威利斯真的很感兴趣，便问外婆那人到底说了什么。

"哦，他笑了笑，对我说……"外婆这时装出了粗哑的声音，说道，"'小姐，我和羊的不同之处，在于我有灵魂。'"随后外婆的声音又恢复正常，"他是这么说的——他有灵魂。嗯，也许吧。但我跟你说，光有灵魂，还不够。"

外婆是唯一尚在人世、听威利斯提起过心中梦想的人。

5.善意的期待

史雷克的生活渐渐有了规律，他每天早上都会在同样的时间醒来。这个习惯完全是因为做生意的缘故——只有一大早的上班高峰期生意才兴隆啊。

第一天之后，他就再没去过初次捡到报纸的那间候车室，因为去那里得钻过十字转门。不过，他很快就找到了新的货源。

通常他每天的工作是这样开始的：先下到地铁的最底层，搭乘法拉盛列车到达时代广场站，再原路返回，有系统地回收远从皇后区上车的长途乘客所丢弃的报纸。他会利用回程的时间来展平报纸。

下车后，他上楼返回 IRT 线，走到上城站的站台。

另外一个不错的货源是靠近十字转门的垃圾筒。被扔进这个垃圾筒的报纸，品相都还相当完好。只是，那里没有地方供史雷克好好地把报纸展平、重新叠好，所以他宁可搭车。

不到一个星期，在上城站的站台里，史雷克就有了两个固定的客人和几个不固定的客人。固定客人当中，其中一位是缠着头巾的高大男士。这个男人每次给钱时，都会咧嘴一笑，仿佛觉得——史雷克是这么认为的——是这男人自己有所隐瞒。其实，以新报纸的价格来贩卖二手报，糊弄顾客的人是史雷克。史雷克一直没能克服自身的罪恶感，但他又安慰自己，这生意最开始不是由他主动开张，而是有人要求购买他才开卖的。一开始就有两个人要买，那是他的错吗？

第二位固定顾客是一名胖胖的女士，她身穿长外套，头戴羊毛帽。那顶羊毛帽的帽檐总是拉得很低，低到几乎完全遮住了她那肌肤平滑的粉红色脸庞。每次她买报纸时，都得花上很长的时间在鼓鼓囊囊的手提包里搜寻零钱，最后才能在提包底部的这里或那里，找到零零散散的一分一分的小硬币。在找零钱的当儿，她会自顾自地跟史雷克唠叨，说的大概是就快找到零钱了、天气怎么样或者生活怎么样之类的，但更多的时候是在说她的小家庭。这种唠叨大部分都挺愉快的，而且具有收音机音量转小的效果。

第二天，报纸生意做下来，再加上捡到的零钱，史雷克的总收入是一美元三毛五分。卖完最后一份报纸，史雷克回到前一天喝咖啡的地方去吃午餐。

可走到那家餐饮店前时，他又紧张起来。是进去还是不进去呢？饥饿在催促他向前。柜台后面的广告牌上，有用大写字母写着的菜单和价目表。史雷克先将口袋里的钱跟价目表做了个比较，以便谨慎地点餐。最后，他决定要一碗蔬菜汤和一份火腿三明治。

菜汤送来时，附了两包薄脆咸饼，史雷克把它们收进长裤口袋里。接着，他取了一张餐巾纸，将半个三明治包在纸里，放进上衣口袋。做完这些，他才拿起剩下的半个三明治，咬一口，喝一勺热汤。

这真是无比奢侈的一顿饭，但史雷克并没有被这种舒适与富裕所淹没，他还必须为将来着想。于是，他鼓起能够聚集到的所有勇气，多要了点东西。

"什么？"女服务员问他。

"番茄酱。"史雷克说。

"番茄酱？跟火腿一块吃？"女服务员笑了起来。不过，对于顾客的各种稀奇古怪的要求，她早已司空见惯，一点儿也不会觉得惊讶。

这家店的番茄酱是用小小的塑料包装袋装起来的，史雷克曾在点餐柜台那里见过。此刻他将番茄酱包也放进了口袋。

在一边慢吞吞地吃着三明治，一边慢吞吞地小口喝着蔬菜汤时，史雷克又拿了几块方糖放进口袋。他早已算清楚了这顿午餐要花多少钱——加税后，一共是一美元五分。好大的一笔钱！

女服务员把账单放到他面前后，他小心地数好零钱，把刚刚好的钱数放在柜台上，随后迅速溜下凳子。

　　与记忆中最近的三顿饭相比，吃完今天这一顿，史雷克的肚子感觉最舒服。现在，他有力气去察看新家附近的情况了。他把接下来的两个小时都花在地下商场和地下走道里了，只为了尽快搞清楚他家附近的方位。

　　这一趟地下扫街行动包含了好几个楼层。距离地面二十米的最底下一层，是法拉盛车站。那个站台的上方是白色的拱顶大天花板，四面是涂白的墙壁。由于点缀着红蓝线条和黄色的壁龛装饰，整个站台看起来更像古罗马斗兽场，而不像地铁车站。从这个车站再过去，有一条大隧道从东河底下直钻到皇后区。

　　往上一层，是莱辛顿大道线的上城站站台和下城站站台。下城那一边，就是史雷克居住的地方；而上城那一边，则是他工作的地方。这一站的风格不像斗兽场，站内尽管有一些蓝色的柱子点缀，整体还是显得枯燥沉闷。不过，墙上贴了瓷砖，还用马赛克镶嵌的方式铺排出了火车头的连续图案，这些总能吸引史雷克的注意力。

再往上一层，就是十字转门、售票窗口和自动糖果售卖机，还有一个便利餐饮摊。再走过去便是狭长的走廊商场，各种商店一直延伸到换乘站。其中一家餐饮店，供应简便餐饮，也就是史雷克刚刚用餐的地方。另外还有照相机店、报摊、花店、珠宝店、修表店、服装店，还有几家别的店，比如鞋带摊，由一个跟史雷克年纪差不多的男孩看着。这里，是城市之下的城市——一个建在岩层底部的城市。

　　在这个城市之下的城市里，史雷克每天都能看到一辆辆列车载满人群、载满生命，匆匆地驶过，向着某个方向奔驰——那个方向又会通向哪里呢？

　　史雷克虽然总是跑进地铁里暂时躲避，但他以前所经过的地区还没有远到可以发现人们究竟往哪里去了。这一天他决定把午后的大半时间都用来搭乘地铁，四处看看。

　　头几趟车是随意坐的，只是让列车载着他前进，高兴时他就下车。反正，是由地铁带领。

　　但不久，史雷克就掌握了主动权，他制定了一个庞大的探索计划。

他先是仔细研究贴在车厢里的大幅地铁地图，按照自己的理解把城市划分为几部分，也即在纽约现有的五个区域规划的基础上，再进行划分。住在地铁里的那段日子，史雷克每天过着按部就班的生活，努力探索着纽约地铁线那二百二十公里的每一寸。当时的纽约一共有二百六十五个地铁车站，每一个曾下过车的车站，史雷克都会记录下来。不过，会把他带上地面的那些高架地铁站，他是不会去的。因此总的来说，他的地铁游历旅程也并不完整。

有时候，史雷克会久久地盯着车窗外，仿佛那些漆黑的混凝土墙壁其实是很耐看的风景。由于对地铁的运行时间和规律越来越熟悉，史雷克的内在时钟会告诉自己，什么时候车会进站，进的又是哪一站。

他更常做的事，是跑到离车头最近的那节车厢，站在司机驾驶室的门旁边，看着车外盘曲的铁轨相互交叉，留意那些表示通行的绿灯、通报当心的黄灯以及示意等候列车清空的标志。碰到会接点时，史雷克就能看见双重的信号灯：红上有黄或者黄上有红。渐渐地，就像樵夫了解山林，史雷克认识了地铁里所有的信号灯标志。比如那些设在铁轨沿线以通报转弯或者下坡的信号灯、指示司机减速的灯，等等。遇到修理轨道的工人闪灯或挥旗，列车司机会鸣笛作为响应。待在这个位置，史雷克会看见另一条轨道的列车迎面开来，也会看见列车在第三条轨道擦放火星，然后在转弯处附近消失尾巴。

史雷克就这样发现了地下的美国，堪称"地下亨利·哈德逊[1]"。

史雷克花了不少时间去阅读地铁站里的留言。那些字就写在墙上，字号很大，让史雷克的一双近视眼也能毫不费力地看清楚。地铁居民似乎不需要图书馆，不用带书。

在鲜艳的喷漆和记号笔的写画之下，地铁车厢的内壁也被乘客们写上了无数的名字和各种信息，比如拉链168、大块头、路易125、喔鸡二世、嗡

[1] 亨利·哈德逊（Henry Hudson）：英国航海家和探险家，1609 年为东印度公司探险时，发现了起自纽约州东北部，由纽约市的上纽约湾入海的哈德逊河。

嗡虫、尿尿等。从林林总总的信息中，史雷克发现了很多有趣的"对话"，尤其是在各个地铁站的墙壁上，很多字句都有问有答。

善良活着。

呕！呕！！呕！！！

铁匠在哪？
在罐头里！

救命！
罢工，罢工，罢工！

我被虫子咬了！
你咬回去啊！

和平！
恐慌按兵。撤兵。
我半点儿时间都不剩了哦。

史雷克也很想写点儿什么，但一来他没有工具，二来也总是没那个胆量。

他喜欢的一条信息是：

为了班尼·波沫兰系
救救这世界吧！

这一天的探索结束时，史雷克判断下班高峰期快到了，便选择搭乘那条可以穿越好多洞穴的地铁线，直到列车将他载回大中央车站。他怀着一种归属感回到了这一站。这里有他的洞穴，也是他的家。不过，要想沿着那条路回到家，他还得保持警惕。第一步，他要走到站台尽头，并远离调度室。静等一辆列车开过去之后，他再迅速地弯腰躲到站台边缘底下，然后趁无人看见时，赶紧潜行到车站的另一头。最后，仿佛走钢索一样，他沿着第三条轨道走回洞穴，爬过洞口，进入洞内。于是，他就又回到家了。

史雷克很担心自己在站台边偷偷下台阶时，会被人瞧见。不过他走得越来越老练，只有两次被人注意到。

第一次是被在站台上溜达的一个小女孩看见了。小女孩停下脚步，站在那里盯着史雷克。

"你在干什么？"小女孩问。

"干活。"史雷克说完，弯下腰迅速消失在黑暗的隧道中。

另一次是4号线地铁的一趟列车晚点了，一名男子等车时来来回回地在站台上踱步。他眼看着史雷克从轨道边的台阶上走下去。

"喂，小子！"他大喊了一声。见史雷克并没有停下脚步，男子转过身去，朝聚在远处的乘客比划着地问道："那个小孩要去哪儿？"可那些人根本听不清他在说什么。等那人踱到人群聚集的地方时，史雷克早已下到站台边缘底下，朝车站的另一头走

去，最后安全抵达洞穴。

后来，有一天傍晚，在回家的途中，史雷克在站台底下发现了两件宝贝：两支电池提灯！估计是修理轨道的工人落下的。史雷克毫不犹豫地将提灯捡了回去。从那之后，他的洞穴里有东西照明了。

那天回到洞穴后，史雷克坐下来准备吃晚餐。他的晚餐——午餐时留下的那一半三明治，正好好地装在衬衫口袋里等着他呢。三明治的土司薄片被压得有点儿扁了，里面夹着一小片细切火腿，还有一片已经发蔫的生菜。分量虽然不大，但也足够维持生命了。此外，史雷克没有忽略掉最重要的一样东西——水。在他抢救回来的废弃物中，有几个空可乐罐。史雷克在洗手间里把罐子洗干净，然后装上干净的水回家喝。

至于捡回来的其他废品，其中有一些史雷克也渐渐想出该怎么利用了。

在此之前，史雷克从不曾拥有过一个属于自己的房间。确实，他从来没有过房间，只有厨房。从记事以来他就没有住过房间。只有一次，他曾住过一个盖在房顶上的鸽子笼。那个鸽子笼高高地盖在街道上方，在他几乎淡忘了的幼年午后时光里，他曾在那儿度过了好几个小时属于自己的时间。在那里，同学们那些连环铰链般的胳膊抓不到他，那个阿姨的声音也传不到他耳朵里。

而现在，在街道的下方，他竟然能单独待在自己的房间里。这是一件多么奢侈的事情！史雷克伸手拿起一罐凉水，咕咚一声，就着水吞下了那半个三明治。

在史雷克过去的岁月里，那个阿姨的存在一直都让他难以忍受。有一次，她让史雷克拿着一袋空瓶子去杂货店退掉，换钱。但史雷克明白，他带着那些瓶子是到不了杂货店的。他为什么会知道？他就是知道。

果然，半路上他就被三个混混围攻，空瓶子也被他们抢走了。史雷克当然就换不回钱了，只能空着手回到公寓。

那个阿姨开始不相信史雷克的话，大吼着说他是骗子，还搜他的身。接下来，她又怀疑史雷克把换回来的钱拿去买糖了。最后，她总算相信史雷克并没有足够的时间去跑一趟商店又回来，同时还买了糖果并且吃完了。但她马上又怪史雷克太粗心、太弱小了，还是要打他。

史雷克对于善意的期待，并不算高。不高，真的。

6. 粉红脸女士和缠头巾男士

史雷克渐渐地对那两位固定顾客产生了责任感。甚至，对不固定的顾客也一样。他感觉到，粉红脸女士和缠头巾男士都在依赖他来供应报纸。所以他每天都会优先卖给他们两位——尽管渐渐地，那位男士走近时，史雷克会觉得很紧张。

这会儿粉红脸女士正在数零钱。"一分……"找到一个一分硬币时她说着，"两分……"这是在提包的里层找到的，"我知道我有一大把一分的硬币在这里头，我昨天晚上刚丢进来的。这些硬币都是我在沙发垫下面捡到的。你知道吗？一分的硬币比一毛的硬币更容易掉进沙发坐垫。可为什么会这样呢？"史雷克也不知道为什么。

"我儿子每次来看我，裤兜里都会掉出一大堆一分硬币。为什么他老有那么多硬币呢？"

这个问题，史雷克也不知道答案。只是随着一个个硬币的出现，粉红脸女士的故事也仿佛一点点地成形了：她有个儿子，常常会回来看她，每次一坐沙发，他的裤兜里就掉出一分一分的硬币。是她儿子太粗心，还是他的裤兜里有个破洞一直没补上？史雷克发现自己对她的儿子好奇起来。他是做什么工作的，住在哪儿？他这样频繁地回来探望母亲，是有什么隐情吗？

"我跟你说，"一天，这位女士在找钱时对史雷克说道，"现在地铁里竟然这么危险，实在不对劲儿。不论是白天还是晚上，人人都觉得不安全。老实跟你说，我都快吓死了。为什么那些站在你旁边、长相又非常朴实的人，却有可能从后面抢劫你、攻击你，或者偷走你的钱包呢？没几个月前，就在我到达这个站台的几分钟前，有个女人被人推下了站台！听我的话，你自己多加小心！"

　　史雷克不太明白粉红脸女士为什么跟他说这些。难道在地铁里活动的人，与在地面街道上走动的人，会有什么不一样吗？她所讲的这些故事，与史雷克在地面上所听说的那些事，又有什么不同呢？其实，她没必要警告史雷克，因为史雷克这辈子一直都活在小心当中。

　　现在，每到夜晚，史雷克便躲进洞穴，远离文明——远离那一大帮冲进地铁的少年团伙，远离他们的吵吵嚷嚷，还有那些森然逼近的高大肉墙。在酒精的作用之下，那些混混的吵闹声能轰动地铁。而进了地铁，他们总喜欢用身边的喷漆在地铁墙壁上乱喷，写着他们的呐喊或者"丰功伟绩"。

　　不用警告史雷克，凡是于己不利的人和物，史雷克都会小心的。而直到今天，史雷克皮肤外边的一切都对他充满敌意，甚至，连皮肤里边的好大一部分也是。

　　"好了，这儿总共是一毛四分。"粉红脸女士说着，"哇，我的车来了，真巧！"她愉快地向史雷克挥手告别。"我还欠你一分钱，"她大声说着，向车门处跑去，"明天给你啊。"

到了第二天，她真的把那一分钱还给了史雷克。而且，那天她只要在提包内再摸出六个一分钱硬币就够了，因为她最先找到的是个一毛的硬币。

"喏，这是三分，"她说，"……然后是四分。哦，不对，这是我儿子外套上的扣子，肯定是跟零钱一起掉进沙发了。"

看这样子，她儿子每天晚上都来？

答案及时来到：她儿子只要晚上出去打保龄球，就会来找她，她就给他做晚饭。

"总共是一毛六。你穿这么少，不冷吗？"女士问他。

史雷克摇摇头。将报纸递给她的时候，他低垂着眼角去看她——史雷克认为这样子看人，对方就不会瞧见他正在仔细观察。

"哇，像这样买报纸真是方便呀。"女士说这话时，一名男士走上前来，把钱塞给史雷克，径自从史雷克的腋下抽走了一份报纸。"在这里等车时，还能顺便得到自己想要的报纸，感觉像是在被人服务呢，是吧？我一向不习惯被人服务，一点也不习惯。"她笑笑，"正相反，我习惯了服务别人。我帮上城的一位绅士打扫房子，已经有很多年了。虽然得早起，但中午之前就能把事情做完了。这份差事的好处就在这里。凡事我都努力地往好的那面看。"

史雷克点点头。在此之前，他不曾对哪个陌生人有这样多的了解，而在他的一生中，每个人对于他来说都是陌生人。他从不认识半个人——除了乔瑟夫以外。然而现在，这些陌生人慢慢地分成了两组：认识的和不认识的。

"认识的"陌生人有：粉红脸清洁工女士，还有史雷克老去光顾的那家餐饮店的女服务员。或许，还包括那名缠头巾男士。

可是，那位缠头巾男士总是笑得神神秘秘的，这让史雷克渐渐地起了戒心。史雷克感觉，那位男士正在慢慢地骗走他的某样东西，那就是——自信心。而史雷克实在没有多少自信好让人骗走，所以，只要有可能被骗走那么一丁点儿，他就已经非常担惊受怕了。

一天，史雷克远远地看见那位男士朝他走了过来，脸上又挂着那抹神秘诡异的微笑。史雷克慌了，马上转身走开，只希望自己是隐形的。他的眼睛盯着铁轨，一直盯着。

"你在找什么吗，孩子？"是那位男士清脆的嗓音。但史雷克早就把头埋在肩窝里了，同时还紧闭上了双眼，期望自己什么也看不见，什么也听不见。

"你在找什么来着，孩子？"男士又问。

史雷克拼了小命，才把话挤出牙缝："没什么。"

"哦，"男士说，"不管在找什么，你一定会找到的。今天你还卖不卖给我报纸？"史雷克把报纸卖给他，但不敢正眼看他。

日子一天天过去，缠头巾男士的存在让史雷克感到越来越不安。他甚至开始考虑更改来这个站台卖报纸的时间了。可是，一旦更改了，他就不能再卖报给粉红脸清洁工女士，还有那些偶尔向他买报的乘客。而且，他才刚刚习惯目前这样的固定作息没多久，除了那位缠头巾男士外，这里也没有其他的大问题。

有一天，在看到那位男士又向他走来时，史雷克转过身去，打算装作若无其事地走到站台的尽头去。但那位男士的双脚并没有放慢速度，到底还是来到了史雷克的身后。

"麻烦一下，报纸。"史雷克只好转过身来，从腋下抽出一份报纸。他把报纸递过去时，没有抬眼。

可报纸并没有被拿走，零钱也没有像往常那样放到史雷克的手掌中。史雷克只听见那位男士流畅地讲起话来，好像有的是时间，甚至好像根本不想乘车。

"嘿，孩子，你这些报纸是打哪儿弄来的？"

这就对了！这男人是想把我撵出生意圈呢，史雷克心想，我被揭穿了！

"列车上。"对于这个直白的问题，史雷克也给出了直白的回答，说话时他心里一惊——原来说出来竟这么容易。

"原来如此。"男人边说，边把钱放进史雷克的手中，然后转身沿着站台走去。这个男人会对史雷克采取什么措施呢？

虽然史雷克的小房间里并不热，但那天夜里，他整夜都在冒汗。第二天上午，他仍旧待在洞里，没有出去收集报纸。等到下午他才出门，却根本没有心情干活，只是搭乘区间车，收集到几份品相很差的报纸——不是被折得乱七八糟，就是被撕破了。那天他没有钱吃饭，就只在西城区待着，搭乘BMT线南下到市政厅再返回。早就想好的游历计划，也被他抛到九霄云外了。恍惚中，他觉得自己被安排饰演了一个漫无目的的飘游角色。

傍晚，他回到洞里，喝水当饭吃，然后开始阅读那些用来充当床铺的报纸——他会定期更换铺在这里的报纸，因为睡久了报纸会失去弹性。点了提灯之后，这个洞穴看起来很像一个家。史雷克轻松地躺在床上看报——报纸靠近脸，脸挨着提灯。

报纸上登载的那些犯罪案件中的受害者，还有中弹后躺在血泊中的坏蛋的照片，总能吸引史雷克的注意。这倒不是因为史雷克对那样的景象完全陌生，相反，他一直都在街头求生，早就亲眼见过这种事了。让他触目惊心的，其实是那些黑白照片中的鲜血，看起来很不像鲜血。这让他觉得照片四周的报道，也变得不太真实，像是谁编排出来的幻想故事。

　　除了这类报道之外，史雷克还会注意报纸上的一些别的报道。比如在那些念不出名字的国家中，腹部肿大而骨瘦如柴的孩子因流行病传染，成千上万地死去。这两种故事，跟老师在小学时期朗读给学生们听的故事并没有什么不同。小学时老师讲的那些故事，只是让人隐隐地觉得可怕，因为即使当时年纪很小，史雷克也早就知道它们不可能是真实的。他知道，真正恐怖的故事不是那些吃人的巨人、卑劣的小矮人或者邪恶的巫婆，而是与他住在同一个小区或者上同一个班的大块头家伙。

　　在学校里听到的故事中，唯一能让史雷克真正感到恐惧的，是那些讲述小孩在森林里迷路而挨饿的故事。因为当中有一点是史雷克所熟知的——他知道真相，他知道虚构的故事中属于真相的那一部分。

　　第二天早晨醒来时，那只最近在他胸口里本来已经若有若无的小鸟，又开始哀哀地哭泣起来。史雷克又喝凉水当早饭，然后搭乘法拉盛线前往时代广场，以便收集报纸。他实在不想去，但又有某种东西在牵引着，拉他去站台。

　　粉红脸清洁工女士微笑着说："哎呀，昨天我还真担心你呢，而且也没报纸可买了。你生病了吗？瞧，今天我早就把零钱预备好了。"

　　史雷克的样子怪怪的，身体在发抖。

　　"别跟我逞强，说你不冷。"那位女士正色道。

　　可史雷克发抖不是因为冷，而是因为惊惧。他有看到那位缠头巾男士朝他走过来了。这种感觉就像学校里那些集体围攻史雷克的大批人马走过来了一样，害得史雷克整个人都吓成了一团。是不是恐惧已经追随着那位男士来到这儿了，又或者说，恐惧和他是一起到达的？史雷克真希望自己能回到洞穴里躲起来。只是，太迟了。

　　"五分钱！"史雷克勉强挤出这几个字，同时把报纸塞向缠头巾男士。

"为什么是五分钱？"男士呆了一下才提出疑问，声音听起来平静而认真。

　　"二手的。"史雷克小声嗫嚅着，一边将报纸塞给男士，一边紧张地望向男士的肩膀后方。

　　"哦，我知道是二手的呀。"男士说，"可是，既然用不着亲自去报刊亭买，也就值了。何况，你还把报纸弄得这么平整，又送到了这儿。由于提供了这些服务，你才向人要价，这很公平呀。"

　　史雷克大吃了一惊。此时他的好奇心实在太强烈了，以至于他的声音丢下主人不管，自动蹦了出来，发出疑问。

　　"那你干吗要追赶我？"史雷克听见自己沙哑的声音在问。

　　"我追赶你？"男士深沉的嗓音带着笑意，"我什么时候追赶你了？"

　　史雷克无法再从喉咙里寻回刚才的声音，他只能在心里想：可我明明在逃，所以，他一定是在追赶我。

　　男士盯住史雷克那张沉默而担忧的脸庞，说道：

"哎，孩子，我是很想买报纸，但还没有想到要去追赶的地步。"男士又笑了笑，然后轻拍了一下史雷克的肩膀，随即转身乘车去了。

另一条轨道上 3

　　在即将满十八岁时，威利斯·维尼的守护星陨落了，但当时他并不知道。

　　那年圣诞节前，他父亲在冰上滑倒，跌断了髋关节。以当时情况来看，父亲需要休养很长的一段时间，才能再干重活。威利斯只好休学，帮助家里维持生计。他找到了一份清洁工的工作，在一个居民区附近的修车厂一带打扫。因此从那时起，他也兼做些汽车维修工作，渐渐地学会了一些机械技工技术。

他干得很不错。但几年后，他一个在地铁里工作的舅舅，建议他也去那里找份工作。"地铁里的工作待遇比较好，退休后还可以从市政府领到优厚的退休金。"威利斯当时根本没想到退休的事，他想的是起头创业。但后来他还是找了一份在地铁里做随车服务员的差事。他认为，那份差事能让他存到一笔钱，足够大老远地跑去澳大利亚。

不出六个月，威利斯通过了司机考试。之后嘛，只要填写额外的轮班表——就是替请病假或者休假的司机代班——他就可以挑选想要驾驶的路线，并在离家不远的笛特玛大道终点站工作。

又过了不久，他就真的开始想，等退休的年龄一到，他就可以领取退休金了，这事儿真稳当……

他娶了一个特别贤惠的女孩，名叫莉莉。他们生了两个孩子——乔和薇儿玛。

比起过去，澳大利亚显得更加遥远了。

7.明亮鲜艳的世界

第二天，史雷克将报纸递给清洁工女士时，女士拿起一个棕色的大纸袋给他。

"哦，这里面是一件我儿子穿着不合身了的衣服，要是你能穿，那就太好了；如果穿不了，就丢掉吧。"史雷克伸手接下纸袋。"还有一条牛仔长裤，等我抽空补好了再拿给你。"

纸袋内是一件带拉链的棕色夹克，表层的质料滑滑的，里衬是格子状的绗缝，所以显得比较肥大。女士等车时，史雷克拿着夹克，一边盯着女士，一边轻轻地摇摇头，最后才试着发出声音。

"多谢。"他也不确定自己到底说出来了没有。一直等到女士上了车,史雷克才将夹克穿上。夹克大了好几号,但他不在乎。

去吃午餐时,史雷克穿着暖和的外套,腋下夹着一份报纸。餐饮店的女服务员将他每天固定点的食物放到他面前,史雷克简直不好意思去迎接她的目光。

之前在等候上菜的时候,史雷克仔细打量了那件夹克,发现它有两个让人满意的口袋,非常适合存放他每天都会预留当晚餐的半个三明治、脆饼包和方糖。

最近在他每天来用餐的这家餐饮店,有一件怪事一直在持续发生——那位女服务员放在史雷克面前的食物,总是会比他实际点的要多:随蔬菜汤附送的脆饼可能会有三包,火腿三明治里的生菜比以前更厚,里面还会加一些芹菜啊、胡萝卜啊、腌菜啊什么的做沙拉的材料。也可能还会有一包薯条。有时候,那个女服务员好像连史雷克要点的是火腿三明治都会弄错,给他送来的是火腿鸡蛋三明治。

针对这件事，史雷克曾仔细思考过：毕竟，他点的是自己一贯所点的东西，付账就该付所点的食物的钱。如果他点的是火腿三明治，而服务员弄错了，给了他一份汉堡，但只收他三明治的钱，这就不是他的错，对吧？他用眼角的余光去仔细打量那位女服务员。她个子不高，看不出实际年龄，脸上长有雀斑，手臂上好几处疙瘩，手指粗短，头发打结，但却有她独特的粗糙之美。

是什么想法，促使这位女服务员把额外的食物往史雷克的肚子里送呢？是怜悯吗？在史雷克的人生经历里，他不曾给予或者接受过怜悯，所以即便是怜悯，史雷克也无法分辨出来。不过从这种举动当中，史雷克确实能够看出某些他略微知道，或者只是碰巧知道的东西——尽管那东西与其说存在，还不如说没有。

到了傍晚，史雷克就把装在口袋里的食物拿出来，摆在他的洞穴厨房内，在一张用废纸箱做成的桌子上，当做晚餐。

这段时间里，史雷克的洞穴不仅功能增多，墙上还加了些装饰。因为，除了变成卖报商和地铁旅游专家外，此时的史雷克也已是一名出色的拾荒爱好者。凡是还能用，或者改一下就能有别的用途的东西，没有一样能逃过史雷克的眼睛。因此到后来，他收集了存量极为惊人的垃圾、废物和宝贝，包括有用的、稍微有用的、可能会有用的。末了，他还能挑挑拣拣，不用照单全收。被他带回海军准将大饭店地下之家的那些物品，甚至超过了他能够想出的用途。最后，他发现自己居然富有到可以扔东西了。他每天都会捡回很多东西，早上出门的时候也会带出去一个报纸包着的小包，里头有要扔的东西。到了地铁站，他财大气粗地把小包丢进垃圾箱里。或许还有人会需要它们吧，比史雷克更需要。

史雷克拎着从垃圾箱里找来的购物袋到处去捡破烂。被他收进袋子里的，有铁丝、绳子、金属衣架、回形针、破腰带扣、鞋带和橡皮筋，等等，数都数不清。它们可以被改造成饰带、挂钩、铰链等，跟其他东西一起做成装饰品。

房间的一侧如今成了储藏室。以前史雷克从来没有过可以放东西的地方，也没有任何需要保存的东西。现在，他一天得花上好几个小时，将捡来的东西分类保存，看看那些东西原本是做什么用的，再看看与别的东西结合以后，它们可能会变成什么。经过组织、再组织以及舍弃之后，他便有了好几堆相当棒的财产。这些财产分类如下。

玻璃类：破损的镜子、药瓶、饮料罐、眼镜片、从倒霉的项链上掉落的彩色玻璃珠、一只破饮水杯和一面还可以用的镜子。罐子呢，有的用来装玻璃珠等，有的甚至保存着已经干枯的粉红色康乃馨。这朵康乃馨原本是某位坐车回家的楼层经理别在衬衫扣眼上的花，不知怎么掉落下来了。至于那几块破眼镜片，最后也都派上了用场。

纸类：如果是纸袋，就展平了叠放好；咖啡店的纸巾和卖剩的报纸则用来铺床，裹在身上保暖；杂志用来阅读，或者撕下图片，或者充当纸杯；而清晨店家丢弃的纸箱，则变成了史雷克的家具和储物箱。

金属类：发簪和发夹是最常见的。史雷克将它们弄弯了连接起来，充当挂钩，或是弄成一段一段的金属线。钥匙也有很多，史雷克不久就把那些钥匙串成一大串，挂在自己的腰带上。另外还有金属衣架、空罐头盒的底下一半、破伞的伞骨、一个黄铜色的鞋扣、包装箱的铁丝以及在铁轨旁捡到的几只大螺帽和大螺栓。这类物品当中，最有价值的是一组折叠小刀中的一支，虽然有点儿破损，但却是史雷克用来改装东西的主要工具。

美术类：他共有十罐快用完的喷漆，颜色非常多。还有一堆马克笔和彩色铅笔。当中最有价值的，是一罐他自制的黏合剂，主要成分是口香糖，还添加了从轨道边收集来的沥青状油脂。这罐黏合剂的黏性非常大，很适合用来修补破洞。

衣物类：这一类的收藏始于最开始那天，史雷克在候车室捡到的那只手套。后来，史雷克利用几个发夹，将手套与那个洋娃娃的头接了起来，做成一个手控布偶。再后来，他又捡到了很多单只手套，这一类的暖手用品数量还不少。此外也有围巾、破损的腰带以及两顶帽子，其中一顶是平嘴帽，史雷克戴着很合适。本来还有一只鞋，但史雷克不敢穿，因为不知道原先穿它的那只脚是什么样的，最后他就扔掉了。

杂物类：包括各式各样、大小不一的纽扣，还有耳环、细绳、火柴、鞋跟、塑料叉匙、两支口红和三个空皮夹。

一天，正在整理收藏品的时候，史雷克听见隧道里有声音传来。起初是叮当的声响，伴随着窃窃私语，偶尔还夹杂着几声大喊；然后一辆列车经过了；接着，是更多的声音。声音很近，太近了！史雷克体内的小鸟又开始啄他的肋骨。他仔细辨认着那些声音：叮当、叮当、拖拉。他以前听过这种声音，那是铁道工人在维护路线，清除轨道上的垃圾杂物，测试这个螺栓、那段铁轨什么的。

他们会发现他的！

史雷克只得安慰自己，这个洞在很早以前就存在了，既然工人们以前忽略了，现在也不会发现的——只要他别轻举妄动、别大声呼吸就好。史雷克尽量不出声，学鹤一样平衡站立。

他们不会看见这个窟窿的！

可是，叮当声却越来越近。史雷克从纸类储藏品中抓出一张厚纸板来盖住洞口，倚着纸板坐了下来，想象自己是箱子里的小丑、贝壳内的蚌肉。在这个冰冷的房间里，史雷克又开始冒汗了。维护一条铁轨需要花上多长的时间呢？太长了……等工人们终于走过去时，史雷克感觉都快虚脱了。他躺到床上，蜷缩起来，尽可能地蜷缩，缩到以最小的体积暴露在这个世界上。

有一天，史雷克捡到了一副破损的眼镜。眼镜的镜腿少了一边，两只镜片上都有裂痕。等他返回洞穴时，他试戴了一下，用那面在地上拼凑起来的破镜子照了照。镜子中的他，看起来也支离破碎的。他取出眼镜框里的破镜片，然后在成堆的零星镜片中找到了两片最适合的——并不是绝对适合，而是比较适合。他取来自制的黏合剂，涂在镜框的沟槽内，然后这儿、那儿地弯一弯镜框，尽全力把镜片固定在镜框里。最终他做出来的这副眼镜，其中一个镜片上有道裂缝，还有些刮痕，但很适合那个镜框。另一个镜片是淡粉色的，只有上缘缺了个口，还是块好镜片，而且似乎戴上后能看得更清楚一些。不巧的是，它突出了镜框的上缘，史雷克不得不用铁丝将它固定住，而他的视野也就因此被一分为二了。但是，尽管这副眼镜会分裂四周的景观，它仍然使得史雷克看到的世界变得明亮和鲜艳起来了。

他的顾客注意到了。

"哟，老天！"清洁工女士说，"之前我可不知道你还戴眼镜。这是多么非比寻常的一副眼镜啊！"

史雷克连忙低下头。

"嘿，孩子！"缠头巾男士说，"这副遮光眼镜叫什么名字呀？我还从未见过像这样的一副眼镜。"他弯下腰，大刺刺地盯住史雷克的双眼，仔细地打量着。

"它们真的有用吗？"他问。

史雷克点点头。

"好极了！"男士说完便转身离去。

好极了。史雷克此时有些纳闷，他以前怎么会觉得这位男士很可怕呢？他发现自己一路走，一路都在说："好极了。"

　　好极了，就是好极了。

8. 地铁里的圣诞节

　　史雷克每天的早餐包括从餐饮店带回来的方糖，还有随意涂抹了番茄酱的薄脆饼。这样的早餐加上餐饮店那顿量大到能涵盖晚餐的午餐，便是史雷克每天所吃的全部东西了。没人会说这是营养均衡的饮食习惯，但反正史雷克也从来没享受过什么营养均衡的饮食。坏血病、软骨病、贫血乏力、钙、维生素及矿物质不平衡等等问题，如果跟填饱肚子相比，就显得不那么重要了。最重要的事是吃饱，肚子一旦填饱，万事大吉。

　　圣诞节，购物高峰期如期而至。平日里本来就非常拥挤热闹的地铁，这时期仿佛都要被人潮挤爆了。餐饮店的生意也空前忙碌起来。这天，史雷克正吃着午饭，餐饮店里那位店长模样的男士朝他走了过来。

"我看你每天都来我们店里吃饭。"男士说。

史雷克吓了一跳，心想难道这位男士发现女服务员总是多给我食物了？

"你想要一份工作吗？"听到这句话，史雷克抬起了头，"那这么着吧，要是你想找份工作，等早高峰过后，你就到我们店里来扫地。作为报酬，我提供给你一顿丰盛的午饭，你觉得怎么样？"史雷克点了点头。"好。"那男士说完就赶去照应别的顾客了，"事情太多，我实在忙不过来了。"

就这样，没有说一个字，也没有在任何文件上签字，史雷克就开始了自己的第一份工作。每天早上一卖完报纸，他就来到餐饮店里，默默地拿起扫帚扫地。

他扫地的样子，就像要决心学习扫地的艺术，把这作为终生的职业。每个角落、每张椅子底下的碎屑，他都扫得一干二净。他常常弯下腰，将扫帚伸到长桌底下的边边角角，把掉到那里的纸巾、吸管、烟蒂、火柴等各种垃圾，通通都扫了出来。因为这样的扫法，上班第一天他就扫到了四毛零钱。

"这钱是你发现的，你就自己留着。"店长说，"你扫得很好，真的很好。"

以前还有谁曾对史雷克讲过这样的话呢？史雷克记得，好像是关于跑步的事。对，赛跑！真的，有人曾对他说："你跑得很好，真的很好。"现在，他也"扫得很好"。

那么，除了跑步和扫地之外，他大概还有些别的本事吧！

"你想吃什么？"第一天的工作结束时，那位女服务员这样问他。

史雷克不太明白这是什么意思，呆了半晌才回答。他以为女服务员早已熟知他要点什么餐了，以前她从不问。

"汤，还有火腿三明治。"他说。

女服务员把史雷克点的汤端到他面前，之后又送来了一个大大的牛肉汉堡，四周还摆着许多薯条，外加一个西红柿。史雷克以为这样就够了，没想到女服务员接着又端来一个苹果派，上头还有一团香草冰淇淋。跟往常一样，史雷克准备把汉堡切成两半，省下一半当晚餐。女服务员却说："不用那么麻烦了。"说着，她将一个装好的三明治放到他身边。

　　那顿午餐，史雷克吃了很久很久。他已经不记得自己什么时候一顿吃过那么多东西了。离开椅子的时候，那种饱胀的感觉清楚得几乎能够触摸到，害得史雷克差点儿失去平衡。

　　他的口袋里还装着一个三明治、番茄酱包、脆饼包和糖块。

　　史雷克找到那位店长，在脑海里吃力地搜寻着字眼，最后总算说出两个字："多谢。"说这话的时候，他几乎同时也望着女服务员，所以这两个字是送给他们两人的。

　　第二天，他从餐饮店的角落里拿来一支湿拖

把，仔细地清除地板上那些顽固的污渍。从此以后，这家餐饮店地板的清洁状况，变成了史雷克至为关切的对象。他甚至认为，由于有他来照料，这地板的状况得到了无限的改善。显然那位店长也是这么想的。第一天之后，没有人再事先询问史雷克午餐想吃什么，往往一盘热腾腾的炖肉焖菜或者当天的特卖餐就自动端到了他面前。他离开时，女服务员会递给他一个小纸袋。史雷克回到家一看，袋子里装着当天晚上和第二天早餐的食物——甜脆饼或甜甜圈、三明治、苹果或橙子，还有一盒牛奶。史雷克长这么大，还从未被人如此悉心地照料过。

由于有免费的饭菜可吃，史雷克的口袋里开始攒得住钱了。等他积存的零钱由硬币变成了纸币，史雷克便从收藏品中，挑出一个边缘有漂亮缝线的褐色皮夹来装钱。虽然卖报纸的时候，他依然会碰到必须找零钱的苦恼，但有了这个皮夹后，那些苦恼也变得可以忍耐了。不久，他存下的钱已经够他去长廊商场里买一件T恤、两双短袜和两条短裤了。

买完这些，他继续存钱，还想买双新运动鞋。老实说，再加上有一天那位清洁工女士给他带的一条牛仔长裤，他的行头算是挺像样了。

到了这个时候，我们的主人公史雷克已经身兼报童、生意兴隆的餐饮店的管理员、有鉴赏力的拾荒者三重身份了。此外，他还有一个爱好。住在地面上海军准将大饭店里的那些人，或许也有人跟他有同样的嗜好，而且美其名曰"收藏"。比如说，收藏美术拼贴、综合画、抽象画……

在车站的角落、铁轨边缘、车厢座位以及地铁的各个隐蔽处，史雷克搜集到好多好多东西，每一样东西他都有办法改装一下。史雷克的家——也就是史雷克的洞穴、史雷克的城堡和避难所，现在里面已经吊挂着许多他自己创作的装饰物。提灯的光线一照，整个洞穴便具有浓厚的节庆气氛。铁衣架折弯后做成的汽车，被史雷克用细绳拴了起来，再用自制的黏合剂粘在天花板上垂挂下来。洞中还挂着彩纸、纽扣、用发夹扭成的人像、玻璃珠、镜子碎片等东西，看上去十分协调。它们共同捕捉着光线，在墙壁上投下各种形状的模糊的影子。

圣诞节采购季期间，人们提着大包小包，在地铁里来来往往，仿佛都处在同一条没有尽头，而且永不止息的机器传送带上。人们提着袋子重复着同样的动作，与别人擦身而过，弯腰，闪躲。在人群和袋子不断摩擦的当中，史雷克抢救回来好大一堆很有意思的节庆"遗失物"——也就是人们互相挤压的当儿掉下来的东西。于是，他有了数不清的鲜亮的饰物包，里头有金色的流苏、星星、彩球、好几团金线和红线，还有好几包铝箔纸。圣诞节还没到，他就有了非常可观的收获，能把平常那些汽车吊饰取下来，挂上节庆饰品了。有提灯照亮这些饰品，史雷克也着着实实地过了一个圣诞节，而且是有生以来最棒的一次。圣诞假期间，餐饮店也关门歇业了，但那位女服务员回家之前给史雷克打包了充足的食物，足够让他愉快地过节了。这些食物包括好几个三明治、两个西红柿和几个苹果，外加好大一块葡萄蛋糕。

史雷克在洞里过得悠然自得，他不时地移动一下提灯的位置，玩着光影变化的游戏——让灯光照射着自己，用两只手和脑袋在墙上投下各种形状的影子，自娱自乐。手和头与阴影一起构成了两种表演形式：一种鲜锐明亮，一种幽暗柔和。

　　这是地铁里的圣诞节庆典，在纽约四通八达、无处不到的地铁站内举行。

另一条轨道上 ⁴

在某些路段，威利斯·维尼开起车来，就像是在骑马或者赶羊。

这种感觉最初开始于一个特别的地方——IRT线上的一三八街站到一四九街站之间。那一段轨道有些不平，列车经过时总会颠簸个不停，让人感觉就像在骑马小跑。

另一次开到纽约近郊的木坪墓园站时，威利斯·维尼又有了相同的体验。当时他并没有多想，但第二天驾驶 IND 线大站快车从五十九街开到一二五街时，哪一站的距离特别长，他可以尽情地以最快的速度行驶。威利斯的心里升起一种快感，就像是在澳大利亚辽阔的乡野间赶羊。没错，地铁里肯定不像澳大利亚，地铁内空气潮湿，而且与世隔绝，接二连三的隧道大多数时候都将天空遮蔽了。然而没过多久，威利斯便能跳出这些障碍，顺利地把羊群赶进羊圈剪毛，或是把它们载到远方的集市上。

于是，对于威利斯而言，红灯则意味着对羊儿喊停，绿灯就是让羊儿快跑。他愿与羊群同在，支配路线，率领羊群。这种感觉真不错……一直以来，都很不错。

9. 放学时的大西洋大道站

几乎每一天，史雷克都会见到两个或者更多已经认识了的人，这些人也认识史雷克，而且不会伤害他，不会让他感觉受到威胁。真的，他们好像都很欢迎史雷克的到来。不过，与川流不息的人群接触了这些日子之后，史雷克发现还有很多人，在进入到他的领地里仅仅一下子就离开了，而且后来再也没见过。史雷克不禁胡思乱想起来，那些人都去了哪里呢？途经大中央车站这么一次后，他们就从这个世界上消失了吗？还是说，他们要去的地方太多了，以至于没有时间再经过这里一次，也没有时间与那些曾一起等过车的人再等一次车？不过，那位清洁工女士常常回来，缠头巾男士也是，还有其他一些人也是一样。还有史雷克，史雷克一直都在。

　　一天，一位穿戴整齐但搭配不当的瘸腿老绅士走了过来。史雷克刚刚将最后一份报纸卖给清洁工女士，便听见那位老绅士在离他不远的地方，开口跟一位穿着极体面的男人讲话。

　　"先生，恕我冒昧，"老绅士对体面男子说，"有一位拄着拐杖的秃头男士，每天这个时候都会在这一站等车，你见过他吗？"

　　体面男子摇摇头说："我没见过，抱歉。"

　　"啊，真糟糕啊。"老绅士说，"是这样的，我是一名医生，明晚要去做一场演讲和示范。唉，前几天我和那位拄拐杖的男士碰上了，聊了一会儿。他对我的工作很感兴趣，还给我留下了姓名和地址。"老绅士医生连声叹息，摇着头。

　　"我曾答应他，有演讲时一定通知他，"医生继续说道，"但我却把那张写着地址的纸条弄丢了，所以，只能希望在这里碰见他，亲自把演讲消息告诉他了。真的，当时他很感兴趣，所以我才认为我的演讲会对他有用。这实在太不巧，太不巧了。"

冷不防，那位老医生的脚跟一旋就逼近了体面的男子，说道："既然碰不到他，我就改替你服务好了。"说时迟那时快，还没等体面男子反应过来，老医生就紧紧地握住了男子的一边肩膀，导致他不由得踉跄了一下。

"凭上天的恩典以及我右手的力量，我在此宣告，这边肩膀的风湿病马上离开！"说完，瘸腿老绅士又以迅雷不及掩耳的速度，转过身去抓住了男子的另一边肩膀，"凭上天的恩典以及我右手的力量，我在此宣告，这边肩膀的风湿病马上离开！"接着，老绅士的手又按向男子滚圆的肚子，"凭上天的恩典以及我右手的力量，我命令这里的疝气马上消失。你转一下身。"他原本想将男子整个人转一圈，但他的这位"病号"此时已经重新掌握平衡，也反应过来了。

"够了！"说着，体面男子用力推了老医生一把，

"你闹够了吧？"

"愿上天保佑你。"老医生说完，立刻瘸着腿向楼梯走去。从此，史雷克再也没见过他。

当时，清洁工女士和史雷克站在一旁，从头到尾看完了这场表演，就像在看一出校园戏剧。表演结束后，清洁工女士便转身离开戏院，踏上了刚刚滑进站内的列车。就在上车之前，那位穿着体面的男子对上了清洁工女士的眼睛。

"那老头一定是想打我钱包的主意。"说着，他伸手摸了摸钱包，"他刚才肯定是想抢走我的钱包！"

史雷克很想问他的风湿和疝气怎么样了，但他没有真的开口去问。

在每天人来人往最频繁的几个时段，换乘站各辆列车的双层厚门中，总有拥挤的乘客涌进涌出。这样的景象总让史雷克惴惴难安。有一次，他怀着窒息般的恐惧，看到一个男人赶在车门关上之前拼命地想挤上车，同时还得努力地保护自己的双腿。那个人的背部已经紧挨着车厢内拥挤的乘客了，站警还在设法把他往里推。最终，在车门关上时，这个人是幸运地在车内的人群中找了缝隙，还是被扰攘的乘客又推回站台了呢？

在地铁里，这种事也算是家常便饭了。但每次不管是旁观还是亲身体验，其中都好像有什么触动了史雷克的记忆。

直到有一次，真有人在这种时候跌出去了。那个人好不容易才挤上车，马上就要站稳了，谁料不知是车里的人突然集体呼吸了一下，还是整齐划一地往一边歪倒了，总之那股力道竟强到将那人抛出了车外，害得他跌倒在站台上。也就是那个当儿，史雷克记起来了！

海洋。一辆巴士载着他——并不是他自己选择的——还有别的很多小孩一同去看海。整段旅程又闷热又漫长，史雷克在车上时就很不舒服了。好在一到海边，他就被高高的海浪吸引住了。

他走向海浪。脚下潮湿的细沙让他深深地恍惚起来，他不由得走进了海里。接着，海浪碎裂了！这种碎裂会产生多么令人意外的强猛力道啊，可史

雷克懵懂不知。他只是想着，水是温柔的呀。

紧接着，又涌来了一阵浪。这时，史雷克好像听到有人在呼唤他。他转身往回跑，可在水里跑动起来太困难了。接下来，一个大浪的巨臂逮住了史雷克，让他踉跄地跌倒在浅水处，与水里的漂浮物一同抖抖颤颤地瘫在那儿……

下午两点三十分，在大西洋大道地铁站，史雷克眼看着一大帮高中男生霸占了整节车厢。他们跳着、推搡着、笑着、争闹着，在座位上表演走钢索，最后还拉响了紧急装置，让列车在隧道内戛然停下。然后，这帮男孩子就慌忙地抢起座位来，有的装做读书，有的则呆呆地看着前方。

不一会儿，车厢连接处的那扇门开了，列车长走进来，搜寻这节"自习室"车厢。

"列车长先生，出什么事了吗？"一个男生问，一副无辜的表情。

"没事，孩子们。"列车长答道，声音听起来非常疲倦。

那一刻，史雷克体内那只已经好长一段时间没有动静的小鸟，又开始啄他的肋骨了。等列车长一离开，史雷克就立刻跟着起身，急忙打开车厢连接处的门，换到另一节车厢里去了。

从此，在一天中的某些时段，史雷克一定会避开某些站点，其中一个便是放学时的大西洋大道站。

10. 无家可归的小老鼠

晚上回家过夜时，史雷克又想到了一个点子。这个新点子，一来是为了让生活更有秩序，二来也会让他早起时更舒服一些。

在用来当桌子的纸箱上，史雷克铺上了一张崭新的报纸，之后在上面并排放好脆饼包、甜甜圈、橙子或苹果，或者那位女服务员当天放在袋子里的任何吃的东西。把事物摆好之后，他再将一罐水放在旁边。这样，第二天早餐的一整个套餐就提前安排妥当了。这样的一顿，在墙壁另一头的海军准将大饭店里，被称为"大陆早餐"，而且也是客人在自己的房间内享用的。

但是，史雷克刚搬来不久，洞里就出现了另一个对他的早餐也感兴趣的生物。那时候，甜甜圈和水果等丰盛奢侈的食物还没有加入他的早餐里呢。

一天早上，史雷克醒来时，先让双眼在自家墙壁上游移了一番，才伸手拿出眼镜戴上。接着，他就像猛然被什么东西刺到了一样，一跃而起，往桌上的早餐望去。他瞥了一眼，还不太敢相信，于是再次睁大眼睛仔细瞧。这次万无一失，他确定自己看到的是什么了：那是一只小老鼠，正在吃着他的早餐！史雷克呆住了。与那些跟他在同样的环境里长大的孩子一样，他从小就明白老鼠是很可恨的东西。此刻他第一个念头是尖声大叫，以吓走老鼠。但他又想，大叫后老鼠会不会咬他呢？在他以前居住的那一带，大家都知道老鼠会咬人。想到这儿，史雷克按兵不动，继续静静地躺着，看那只啮齿动物会怎样吃光他的早餐。

那只老鼠好像很赶时间，有些迫不及待。它先把脆饼的包装袋咬破，那副吃相就好像已经饿了很

久很久。史雷克发现，它确实是一只很瘦的老鼠，比他之前所见过的老鼠都要瘦，几乎瘦了一半。在史雷克以前的住处附近，不管是巷子里，还是堆满垃圾的屋后空地中，都能经常看到到处乱跑的老鼠。可是，这会儿史雷克却觉得眼前这只瘦弱的老鼠特别惹人怜悯，让他不由得想起了什么……但那究竟是什么呢？

老鼠吃光脆饼后，又四下里嗅着，希望还有别的东西可以吃。这时它发现地板上还有一丁点儿碎屑，可能是史雷克吃晚餐时掉落的。它就把那一丁点儿碎屑也吃了，之后又回到脆饼包装袋的旁边，拼命地又找到一点点碎屑。再来，就什么也不剩了。于是它转身穿过洞穴入口，头也不回地从那儿往上爬，一直爬到隧道里去了。史雷克跑到洞口去看，那只老鼠已完全不见踪影。他只好走回来，就着凉水舔番茄酱。

那天之后，史雷克决定再也不能不吃早餐就出门。他搜遍了垃圾箱，寻找合适的东西装食物，可惜没有什么发现。后来，他想起了早些日子收回家的半个铁皮罐，那罐子被他用来装铁丝和纽扣了。他回到家，把罐子里的东西倒进一个纸袋，再将空罐子倒过来，盖住桌上的食物。然后，他又从洞内的地板上拿起一块不小的石头，压在罐子上。

　　第二天早上，史雷克赢了，他成功地阻止了老鼠的偷袭，保护了自己的早餐！没有一只老鼠，会受一个压着石头的铁皮罐诱惑。史雷克于是安然地盘腿坐在桌子前，准备开始享用不受骚扰的早餐。然而，事情还没完。他刚在咸脆薄饼上涂上番茄酱，那只老鼠就在门口现身了。

　　它是不是一直都在那儿等着呢？史雷克一边拿起薄饼，一边注视着他的地盘。老鼠丝毫未动，只是盯着史雷克瞧。史雷克心想，好吧，看样子它并不打算攻击我。嗯，这还差不多。老鼠并没有打他早点的主意，这让史雷克卸下了心防。虽然吃饭时有只老鼠在旁边围观，让他感到很不舒服，但老鼠的安静守候却让他觉得很有意思。

　　他起身收拾饼干包装袋时，老鼠转身不见了。

　　那天早上，车站里多了一副新面孔，一副老太婆的面孔。她在站台上走了好长一段路，不时停下来跟等车的人讲话。直到她靠近那位清洁工女士时，史雷克才弄清楚状况。

"亲爱的，"老太婆在清洁工女士面前，挥着一张皱巴巴的纸片，"这张药方是你掉的吗？"

"不是我掉的，谢谢你。我没带什么药方。"清洁工女士礼貌地回答。

"哦，亲爱的，"老太婆接着说，"不知道是谁搭车走时，落下了这张药方，上面可写着能保命的方法啊。这药方被我捡到了，我该怎么办呢？"她将纸片塞进衣服上的某个地方，"我跟你说，这药方可能事关某个可怜人的生死啊。"

史雷克知道生死那一类的事，尽管他并没有意识到自己知道。他更想象不出，一张小小的纸片怎么会写有某个生死问题的答案。

"我有个弟弟，"老太婆把清洁工女士当成好朋友似的聊了起来，"他在世的五十年中，有四十年都在生病。你知道是什么支撑他活下去的吗？就是一张药方。对症下药，才保他活了那么多年。"

清洁工女士一边点着头，一边又在提包里翻找起来。史雷克知道，她是想借这样的动作来避开老太婆的唠叨。这些日子以来，史雷克已渐渐了解了她的性格。老太婆也识趣地觉察到了这一点，于是转向史雷克说了起来。

"我还有个妹妹，她患关节炎整整七年了。要是她当初丢了药方，可就有一大堆痛苦要尝了。一大堆痛苦。嗯，说不定，我可以把这张药方寄给当初开这方子的医生。"说着，她伸手到衣服里，重新掏出那张纸片，"瞧，你看得出上头写的是什么吗？有没有写谁的名字？"她将药方的一角推给史雷克拿着，但不肯整个儿放手。

借由她的这个动作，史雷克觉得自己与老太婆之间产生了某种联系——凭借一张事关未知人士生死的纸片——史雷克古怪地感觉到，他也与尘世的流动有了联系。

那张纸片已经旧得发黄了，看起来很脆弱。史雷克无法辨认出上面的字迹，只得摇摇头。

"唉。"老太婆说着，又将纸片塞回衣服里，"其实，我是我们家族里唯一一个没有生病的人。我说了你可能不信，我有个姑妈，今年九十三岁了，九十三岁呀！"史雷克不知道有什么理由不信。"我已经照顾她二十五年了。刚开始照顾她的时候，我自己还没有多老呢。那时候我就以为她快要死了。唉，可没想到，这些年她就靠着一张药方活了下来。她每天都不停地跟我唠叨，总是蜜莉这个、蜜莉那个地叮嘱个不停。快三十年了，真是漫长的岁月啊……"

这段话听下来，史雷克对这位老太婆已经非常了解了。她一定名叫蜜莉，有个五十岁的、患病四十年的弟弟，还有个得关节炎的妹妹。尽管她的家族有不良健康史，但她本人却健健康康的。她还有个姑妈，由她照顾了二十五年或者三十年了。现在，她无意中发现了一张药方，于是保管药方的重大责任便落在了她肩上。

对于一个几分钟前还完全陌生的老妇人，到了列车渐渐驶入眼帘的时候，史雷克已弄清了她所说的种种琐事，而对方呢，默默地转身离开了，并没有跟他道别。史雷克心想自己大概再也不会见到这个老太婆了，但他也并不觉得难过。

他不开心，但也不难过。这个老太婆并没有对史雷克表达出什么情感，可是，史雷克却对她有着某种感觉。究竟是什么感觉呢？他目送老太婆僵硬的背影，直到她消失在地铁密闭的车厢之中。然后，被隧道吞没。

那只老鼠的第二次到来，也可能是前一次造访所导致的一个梦。

史雷克把番茄酱涂在咸脆薄饼上，正打算开始吃的当儿，老鼠又出现了。它就像一个憔悴的门槛幽灵。

这样近距离地观察老鼠，不知为什么，史雷克对老鼠的嫌恶反倒减弱了一些。过去，他对老鼠的印象全都是负面的，但眼前这只老鼠，连他都看出来了，它并没有敌意——或许有嫉妒和贪婪，但肯定没有敌意。它躬身坐在洞口，就像在从窗户外窥视饭店里的过客——这个念头虽然只是一闪而过，却驱使史雷克不由自主地朝地板上丢了片小碎屑。

碎屑落地的那一瞬间，老鼠便扑向地板，把它吞下了肚子。

史雷克的眼泪一下子泛了上来。这只是一只既肮脏又烦人的啮齿动物，刚吃了掉在石地上的一片碎屑，为什么他这么受触动呢？

史雷克对着咸脆饼干咳了一声，用拳头揉了揉眼睛。老鼠待在原地，鼻尖再次伸向岩石地面，搜寻着。史雷克再咬了一口脆饼，打量着老鼠，而老鼠也正直视着他。他没怎么多想，又抛出了一片碎屑。老鼠吃掉那碎屑的时间，还没有碎屑在空中划个弧的时间长呢。

就这样，史雷克与这只老鼠分享了他其余的早餐。等他们各自吃光了自己的那份，史雷克突然从桌边站了起来，老鼠也跟着跳了起来，从洞口飞奔而出，就像在被人追捕。

曾经有人或者什么东西怕过史雷克吗？从来没有。

另一条轨道上 5

　　牧羊的念头对于威利斯·维尼来说，变得如此自然，以至于不久之后，所有的乘客在他眼中都变成了绵羊。或许，那是轨道不断地在列车头下方消逝，对威利斯产生了催眠般的效果吧，这可不同于环绕兰朵斯岛四周慢跑。驾驶地铁列车，尽管不会让你所有的想法跳出脑袋，但却能让那些想法自由地生长。

　　不仅如此，威利斯还一直都记得外婆曾经说过的话。每逢驾驶大站快车从各个车站呼啸而过，他都会觉得车站里的人更像绵羊了，因为他们的灵魂被列车的速度模糊掉了。就这样过了一阵子，把乘客全部当成绵羊就成了威利斯的习惯。

绵羊的种类五花八门——老锉锯型的、咧嘴型的、长毛型的、短毛型的、糖果系带型的……不一而足。有时候，他远远地望见一群绵羊涌进车厢时，会禁不住问自己：这些羊中哪一只才是领头羊，也就是喝止、发令并扭转羊群方向的那只呢？

威利斯当时并没有意识到，而且有好一阵子也没有想到，假如乘客真的都是绵羊，那么他其实不是自己常常幻想的那个牧羊人，而正是领头羊。

事故发生的时刻，对于威利斯的人生而言是个关键点；对于史雷克的人生来说，也十分关键。

11. 拯救史雷克

史雷克已经很久不曾留意时间和日期了。虽然每张报纸上都有这些信息，但对于史雷克而言，岩石之上的生活已经完全不重要了。不过，史雷克依然知道季节已进入深冬，因为人们脚上穿的靴子总是湿湿的，沾附着白雪。而且，即便身穿保暖的外套，史雷克依然感觉冷飕飕的。

后来有一天，还下了冻雨。

"真的，下冻雨啦。"一个等车的男人说，"我差点在海军准将大饭店的门前滑倒、摔伤脖子。"

"要是真摔伤了脖子，你大可以去告他们。"他的同伴安抚他说。

那天早上，站台里的灯光全部熄灭时，史雷克正在给一个买报的顾客找零钱。

刹那间，整个车站几乎一片漆黑，看不见任何东西。

"怎么回事？"

"搞什么啊……"

"怎么啦？"

黑暗中响起了各种疑问声。

"站着别动。"一个声音坚定地高喊道，"站在原地，一步都不要动。一会儿灯光就会亮起来的。可要是你们现在随意乱动，就有可能跌倒，把别人挤下站台，或者被别人挤下站台。"

听到这句话，有人尖叫出声。

"没事，站着别动就好。"那人又喊道。

但即使是一向习惯于黑暗的史雷克，也还从没遇到过这样漆黑的时候。

"可能只是暂时停电，"史雷克的身边有人在说话，是那位清洁工女士，"但我还是挺紧张的。来，握住我的手，我们互相帮助，别让彼此吓着了。嗯，你可能不害怕，但我很怕。"

生活中只有少数几样事物不会吓到史雷克，其中一样就是黑暗。他眼睛近视，一向习惯在朦胧的世界中摸索，如今更是习惯了隧道里的洞穴生活。黑暗能在他与"真相"中间撑起一道防护盾牌，所以置身黑暗中，他反而会感觉更安全。此刻他任由清洁工女士抓住自己的手。

上一次拉住别人的手，是什么时候呢？史雷克不知道。在他的记忆中，他好像也没有拉过谁的手。他拉过乔瑟夫的手吗？史雷克想，他没有。

"似乎是进化把我们带回了这个点。"有人笑道，史雷克听出这是缠头巾男士的声音，"我们现在可能在离地面十米的地方，在地球内的洞窟中，伸手不见五指。进化——前进式的演化——大概掉转方向了吧。"男士又笑起来，"这可成了倒退式的演化了。"他说，"哈哈！倒退式的演化！"

灯光又亮起时，史雷克看到了戏剧性的一幕，就像小朋友们在学校的游戏场里玩的游戏：灯亮之前，每个人如同一座凝固在原地的雕像，史雷克也是凝固的，一只手被握在清洁工女士的手中。

接着，宛如启动身躯的电源开关重新被开启，站台内喧嚣又起，列车灯也亮了。史雷克抽出手，继续给顾客找零钱。人潮也开始往车厢处涌动。

这场停电事故耽误了史雷克的报纸生意，他待在站台上，多等了几趟车。正准备爬上楼梯，去餐饮店完成早上的扫地任务时，他听到楼梯上方传来一阵杂沓的脚步声以及几声喊叫："他偷了我的钱包，拦住他！"

"不是我！"史雷克在心中大嚷。

接着他看到一个身形与他相仿的男孩，大踏步飞奔下楼，一路上不是从别人的胳膊底下灵巧地钻过，就是在众人的身躯间巧妙地穿行。

"拦住他！"

站台上的大部分人都不太理会，但几个候车的乘客把这话当成了命令，一行人沿着站台上演了一出追逐游戏。

最后那男孩扔下钱包，追赶者则停下来捡。男

孩就利用这个空当跑进地道消失不见了，追赶他的
人没能及时抓住他。

一名地铁警察跃下站台，踩着铁轨小心地走入
隧道。

"警察不可能逮到那个男孩的。"史雷克告诉自
己。瞧那男孩熟门熟路的样子，以前准没少干过这
种事。可问题是，他能跑到哪儿去呢？去下一个车
站吗？那儿有人接应他？他会不会从某个火灾逃生
口成功逃脱？又或者，他会不会像史雷克一样，躲
进隧道中的一个据点？要是那样的话，这隧道里还
有其他的逃亡者吗？那么就意味着还有别的洞穴
了？史雷克不知道。

那天夜里，史雷克做了两个吓人的梦。之后的
几天夜里，同样的噩梦还在不断地出现。

在其中一个梦中，史雷克正在洞里打瞌睡时，
一个男孩从洞口冲了进来，发现了他。两人马上因
为争夺洞穴打了起来。结局是，史雷克大叫着醒来，
不知道谁打赢了。

另外一个梦境是傍晚时分，史雷克回到洞穴附

近时，发现那只老鼠正在洞外等候，他们俩谁也没能找到进入洞穴的入口。难道洞穴被人封填了？

从这样的梦中醒来时，史雷克总能清楚地听见自己心脏跳动的声音，而他体内那只小鸟则在抓挠着他的肋骨。他没有胃口吃早餐，食物全给了老鼠。

这样的日子里，史雷克的心头是幽暗的、沉甸甸的。

星期天总有自己独特的方式，宣告日常的节奏又到了该改变一下的时候。

平常最繁忙的早高峰时段，在星期天时，反而成了最安静的一段时间。这一天史雷克也会随心所欲地赖床，那是他之前不曾有过的体验。星期天的早餐，他也是优哉游哉地跟老鼠一同享用。眼见那只老鼠明显胖了许多，史雷克甚至感到几分满足。

星期天，史雷克再也不用像以前那样心怀恐惧了。以前星期天一过，他就又得去上学，去面对同学和老师的奚落与嘲笑。而现在的星期天，他的胃里不再翻腾，体内的那只小鸟也不再哀啼了。

星期天的时光，史雷克通常都用来去偏远郊区探险。他会特别挑选一些不在他的大探险计划中的零星路线，反正，想去哪儿，就去哪儿。比如他可能心血来潮，就 IND 全线来个全面勘察。这条线的轨道延伸到了皇后区，远至牙买加湾野生动物保护区——那是史雷克地下世界的最外围。挑选路线时，史雷克可以随心所欲。这就是自由。

一个星期天早上，车站里惯常的宁静被歌唱声和吆喝声所混合的刺耳喧闹打破了。史雷克被惊醒，连忙踩上薄运动鞋，探头到洞穴外。

什么地方在滴水。就在距离史雷克家不远的轨道上，水滴聚积成了水潭。史雷克溜过地道，来到站台附近。他躲藏在站台边缘之下，伸长了脖子往站台上瞧，期盼能看明白究竟出了什么事。以这样上仰的角度，透过他那副拼凑的眼镜看去，他见到的景象是马赛克式的，就像万花筒后变幻着的抽象画。他调整镜片，直到望见了喧闹声的来源。

原来是一群年轻男女和小孩，大家穿着牛仔裤，戴着温暖的帽子和围巾，人人都举着一个标语牌。歌唱声和热烈的谈话声一直在持续。他们的候车时间比平常更久，因为星期天的列车班次间隔比较长。这一群人在站台上消磨着时间，正好让史雷克看了个够。

一个男孩把帽子抛向空中，掉落在离史雷克不远的地上。男孩一边笑着跑过来捡帽子，一边挥动着手中的标牌，史雷克看到标牌上写着：

拯救西区

列车进站时，人群争先恐后地涌向车门。史雷克尽量蹲下身子，一方面是为了不突出于站台的高度，另一方面也是为了不挡住列车的道。列车照出的光线投射在史雷克脚边的水潭上，映出了很多个月亮，铁道基床也因而变成了灯火璀璨的夜空。

举牌的人群都上车远去了。史雷克思忖着，拯救西区？从什么东西里面把西区拯救出来呢？尽管他这么想着，但真正吸引他的却不是西区，而是那群举牌人的热情。长这么大以来，史雷克一直都不知道自己缺乏人生目标和理想。他还没有遇到过什么人和事，需要他像那群人热切地拯救西区一样，从谁那儿拯救出来。

史雷克返回洞穴，准备好早餐，与不知星期天为何物的老鼠一同分享。吃完饭，他从自己的艺术类收藏品中挑出了几罐喷漆和几支魔术马克笔。这种东西在地铁垃圾箱和调车场附近，到处都能捡到。史雷克因而收集到了齐全的色彩，虽然每个罐子都差不多空了。他曾用这些喷漆来装饰自己的雕塑和别的作品，还把餐桌喷成了蓝白相间的旋转图案。这会儿他拿起一罐喷漆摇了摇，对准贴满报纸的墙壁喷上了两个红色的大字：

拯救

对，拯救。但拯救什么呢？史雷克的想象力没有将他的思绪带得太远，他拿出另外一罐铁灰

蓝的漆，喷上：

史雷克

他坐下来，欣赏着自己的作品。看着这些字，他心里涌出了一种感觉——是好的感觉……但除此以外，他还没有能力去更深地思考那种感觉。不过，他很享受这次书写行动。

他接着又拿起别的颜色的漆，在墙上随意地喷画起来。他画了几个方形的色块，可能是房屋吧。他又加了屋顶在上头，还在旁边画了一棵棕色的树。在那几间房屋的上方，他喷了大面积的颜色表示天空——是绿色的。

也许你会想跟史雷克争辩，天空才不是绿色的呢……又或者说，只有当光线和阴云配合得恰到好处的时候，天空才会是绿的。可能是这样吧，天空确实很少是绿色的，但对于史雷克而言，在他待在地下的那段日子里，天空总是这个颜色。在此刻注视着这面墙壁之前，生活中史雷克很少有往上注视的时候。大多数时候他都只注意看脚，以确保自己不会踩空。再不然就是转头看向肩后，确定没有被人追赶。而现在，史雷克花了不少的时间注视天空，它是绿色的。

另一条轨道上 6

　　在地铁终点站，威利斯·维尼看见"足球大家乐"的游戏机里有几个玩具人在跑，便扔了一个两毛五的硬币进去。然后，他在自动售货机那里买了一瓶可口可乐，坐在长椅上，浏览着别人搁在椅子上的报纸。

　　他在消磨时间。为什么？

　　冬日的天空一直阴霾不散，时间已经进入三月了，威利斯却始终感觉有一股说不上来的压抑。冬天里，他厌倦了驱赶那些咩咩叫唤的羊群，于是驾车工作渐渐成为负担，那几千只绵羊让他充满厌恶之情。早晨他不想去上班，下班后又拖延着不想马上回家与老婆孩子相聚。说真的，连家人都快变得跟地铁生物——绵羊一样了。他开始频繁地和妻子吵架，大声地呵斥乔和薇儿玛。驾车时，他的内心逐渐愤愤不平，拉动刹车杆时，动作刚猛，驾车的速度也加快了，就连下坡时速度也大于规定的数值。

赶呀，赶呀。

只不过，他在终点站拖到不能再拖时，还是会回家吃晚饭。他坐地铁回家，当乘客，免费坐到三十六大道，然后步行很远，走过好几个街区才回到家。

威利斯正处在崩溃的边缘——对，就是这样的边缘。

空中的任意两个物体，互相拦截对撞的几率会有多高呢？

12. 意外事故

那个意外事故，一定是在那天下午，在史雷克扩大周游范围，去近郊布鲁克林区时发生的。那天他从布鲁克林乘坐 IND 线掉头回到西区，再分段改搭短程区间车，返回大中央车站。抵达大中央车站时，他到的是在车站下方的一层。

一到站，史雷克就立刻感觉气氛有些不对劲。平时这一层是不会这么拥挤的。站内的乘客也不像平常那样安静地走来走去等车，而是三三两两聚在一块儿，热热闹闹地交谈着。楼梯上人满为患。

史雷克紧握着黄蓝相间的扶手栏杆，设法挤上楼梯。但接着他想前往回家必经的市区站台时，却发现通道被封锁了，有几名警察正在排除路障。

"出什么事啦？"史雷克体内的那只小鸟大喊着这几个字。不管是发生了火灾、车祸，还是电力供应不足，总之史雷克明白，他回家的路被阻断了。与这件事情相比，隧道里无论发生了什么灾难，在史雷克眼里都变成了小事。一直以来，史雷克生活中唯一百分之百的焦点人物，就是他自己，别人充其量只是模糊的斑点，转眼就消失不见。他们是外在的压力，而不是真实的人。此刻小鸟大叫起来，是为了史雷克而叫。

扩音器中的声音在指示："由于地道内有事故发生，IRT线开往市区的各线列车暂停行驶，请乘客们改乘其他路线。"

"隧道里的混凝土墙好几年前就开始龟裂了。"一名地铁警察从史雷克身边走过时说道。

一个站务员回答："就是说呀，隧道里头有几个破洞，大得都能把列车开过去了。"

破洞？他们发现我的洞穴了？史雷克胸口里的

小鸟在用力啄着他的肋骨，害得他以为自己也大叫出声了。

"可是我一直都坐这条线回家的，现在可怎么办？"一位女士抱怨道。史雷克本来可以给她出主意的，因为他早已成为熟知地铁线路的专家，井然有序的路线知识是他的主要专长。但他此刻并不想提供信息。毕竟，他的这项才能不是预备用来帮助今天这样的乘客的——不管是当天那几十名乘客，还是另外一天的乘客，都一样。

本来，史雷克大可以指点站台上的每个人怎么回家，但他却连自己怎么回家都指点不了了。他只能呆呆地望着工人们走下那段台阶，踩到了轨道基床上。他们打算怎么处理呢？

扩音器又响了："由于隧道内的混凝土掉落，往市区的轨道暂时关闭，请改乘其他路线前往您的目的地。出事的轨道预计关闭数小时。"

想去市区的乘客还在持续进站，几名站务员正忙着指引他们改道。

史雷克也在指引自己改道，他回去搭短程区间车了。他不在乎列车要开往哪里，他只是想消磨时间，消磨到能够回家为止。

回家！这两个字渐渐对史雷克有了深长的意味，这是他以前不曾有过的体会。家，一个属于他自己的地方。史雷克心想，我的家，我要回我自己的家。

有一件事，史雷克与任何一个首次涉足某个地方——管他是北极还是月球——的探险者一样确信。他确信，自己最起码是地铁这块黑暗大陆罕有的拓荒者之一，因此，只要他愿意，他就有十足的权利称呼那个洞为他的"家"。史雷克的家，史雷克的洞穴，史雷克的城堡，史雷克的中转站——史雷克的避难所。

那天晚上，史雷克周游回来时，那个车站依然被绳索围着。于是他前往上城站站台，希望能看出什么端倪。

往市区那边的车站有一辆列车，第一节车厢的几扇窗户破了，车顶凹陷，整辆车看起来就像一个受伤的斗士。史雷克瞧见地道内有成群的工人。他们正在他的洞穴附近工作吗？看上去，想悄悄越过他们的希望微乎其微，简直连半点儿机会都没有。

史雷克只好回头，整夜都在坐地铁。同车的还有几个穿着长外套、似乎经常在车厢里过夜的矮个子老太太，每人都把所有家当收在一只购物袋里。与她们相比，史雷克多么幸运，他拥有一个属于自己的房间。

史雷克在东城和西城上上下下，甚至搭车到郊外的布鲁克林区又折回来。可这一路上，他对家的焦灼牵挂始终挥之不去。

他不敢一直待在同一辆列车里，怕被搭夜车的地铁巡警发现。他也不敢睡得时间太长，只能打打盹，以便起来换车。可是他内在的生物钟并没有因此停摆，当早晨按时来到时，他又非常自然地照例去收集报纸、折叠报纸。

"哟，我的报纸来了！"清洁工女士看见史雷克走近时，开心地说道。

"今天早上好吗？"她问道，早已习惯了史雷克默然不答。可递零钱给史雷克的时候，她留神看了他一下，说道："嗯，你看起来精神不大好，真的。你没生病吧，啊？"史雷克摇摇头。"你脸色很苍白。你们这些小孩哦，就是不肯多休息。我当然了解。你知道的，我有个儿子。"史雷克知道。女士继续说着："听我的劝，别太累了，别总是这样急匆匆的。要不紧不慢地过日子，不紧不慢地。晚上早点儿上床睡觉，好吗？"见史雷克点头了，她才接过报纸。

在餐饮店拿起扫帚工作时，过去扫地时的那股活力和劲头，就是没能跟上史雷克。就算地上死粘着什么东西，他也没有动力去把它们除掉。他扫呀扫，不像是扫帚的主人，倒像是扫帚柄在拖着他。

他坐下来吃饭时，女服务员说："哦，你看起来好累！"她端来一杯橙汁，"喝吧，我听电视上的一位医生说，橙汁能快速补充能量。"史雷克喝了下去，感觉喉咙很舒服。早上没吃东西，他的嘴巴和喉咙都干热干热的。

女服务员和店长在谈话，把史雷克也拉了进来。

"昨天晚上市区铁轨出事故了，你听说了吗？"史雷克点点头。"妙的是以前居然都没有发生过。这么多年来，他们一直东修修、西补补。养路工人到店里来时，曾经说起过这件事。我知道，即使把这附近的大楼都炸掉也无济于事。好在还没发生什么大灾难。这次他们还能称之为意外事故，但要再有下次啊，嘿嘿，大家就会指责那是疏忽了。至于现在，他们只要修补一下地道就行了。"

这句话险些让史雷克窒息。"他们要修补地道？"他问道。

"对，用你的性命打赌，他们要修补地道。"

"什么时候？"

"什么时候？等市政府处理完所有费时费力的公文手续，再派一组人马运送钢筋混凝土来，就能开始了吧。"

"那到底要多久呢？"

"天知道。今天报纸上有报道，但我还没有全部看完。"

女服务员仔细地盯着史雷克，有些奇怪，以前她从没见过史雷克对什么事这样感兴趣。

"怎么了？"她端午餐给史雷克时，问道，"你为什么这么关心修补地道的时间？"

她为什么要问？女服务员把一小包食物放在盘子旁边时，史雷克低下了头。他只吃了一点点就推开盘子，抓起那袋食物，走了。

"当心哦。"女服务员在后头对他说。

13. 梦境中的泥沼

史雷克当心着。

他走下楼梯，一路畅通无阻，顺利地走到了开往城区的轨道站台上。警察离开了，路障堆在一旁。交通又恢复正常，站内正停着一辆列车。史雷克等列车开走后，从站台边缘爬下，沿着铁轨走回隧道，摸到那截墙壁中间他的洞穴入口。

一进洞，他立即扭亮了一支提灯，坐下来寻找报纸上的新闻报道。头版刊登的是一起航空事故、两起闹市凶杀案和一场战争——发生战争的那个地名史雷克之前没有听说过。另外还有一则关于动物园的北极熊垂死的报道。就在这一版的底下有则两栏的报道，公布了这个坏消息：

地铁混凝土结构坍塌
IRT线共十六人受伤

据标题之后的文章说，一辆列车正要离开大中央车站的 IRT 城区线站台时，被从旧隧道墙壁上掉落的混凝土块击中。第一节车厢受损，另有包括司机在内的数人，因为碎玻璃块以及瞬间的冲击力而受伤，所幸并无人员死亡。纽约地铁局新闻发言人说，所有松落的混凝土块都已清除了，暂时没有危险。一旦列车能够安排改道行驶，这条隧道就会被关闭。届时会全面排查裂缝的情况，并进行彻底的检修。市政府很久之前就计划要检修这条隧道了，但碍于会对公众造成不便而一再延期。

文章写到这儿，提示后续报道在第十六页。于是史雷克又翻开报纸，找到那一页。

第十六页中有一张受损车厢的照片，与史雷克

前一晚在车站里见到的情况一模一样。由于史雷克
见过列车在新闻报道之前的样子，那节被击碎的车
厢让他产生了一种异样的感觉，就像刚经历了一场
梦，或者见证了一个预言。

报道的其他部分列出了被送到医院的受伤乘客
名单。另外便是由司机卡迈恩·耶佛瑞兹先生所作
的第一手说明。耶佛瑞兹先生说，这个事故是迟早
要发生的，而发生在他身上也是命中注定，他并不
责怪任何人，反而感谢上天没有酿成死亡惨剧。

文章末尾说，很快会公布替代路线，届时检修
工作也将展开。

此刻史雷克所翻阅的，就像是自己的死刑宣告。
他对于"建设"的认知大多限于建设的相反面，也
就是破坏加拆除。大型起重机摇起巨大的铁球，与
伤残的老旧砖头搏斗，那并不是公平的打斗。凭借
这么一丁点儿经验，史雷克明白了等待自己的未来
会是什么模样。其实，假如他曾受过地铁建筑师或
者工程师一类的训练，可能反倒不那么确定了。此
刻他只觉得，再过不久，各种机器和工人就会沿着

铁道慢慢地爬过来，一寸寸地前进，一直爬到他的洞口。再接着，就像这条老隧道中的其他缝隙、缺口、破洞和断裂处一样，史雷克家的这个洞口也会被完全堵死。

一想到这儿，史雷克体内的小鸟就尖声狂叫！

史雷克待在洞穴里，最开始时的焦虑和沮丧，渐渐发展成了纯粹的伤感。他弓着身子，紧靠着海军准将大饭店的后墙。

这家大饭店不久就会再一次有一间无人使用的房间——又或者，是一处新坟？

到第二天结束时，史雷克已经超过三十个小时没吃东西了。他疲惫极了，前一夜长时间坐车，今天又没有吃任何东西。他觉得很冷，很虚弱。原本是恐惧所导致的疾病，挨到半夜，又因为受寒和发烧而更加严重了。

为了御寒，史雷克给自己包上了一层又一层报纸；等觉得热时，他又将报纸扯下。他肚子里空空的，却并不觉得饿。他渴得要命，但又不肯拿上罐子出去打水——他不愿离开自己的家。他不在的时

候，万一工人来把他的家封了呢？

睡觉也只是短时间半梦半醒的状态，根本算不上休息。突然间，他感到自己置身于一处空地之中。这是哪儿？他跪在地上，徒手挖出了一个洞。他一边触探泥土，一边踢弄着。他在那个洞里埋着毛衣，一件有着蓝灰色三角花纹的毛衣。

一会儿，他又坐在旋转不停的椅子上了——是缠头巾男士在不停地转着椅子。史雷克随着转呀转呀……他想从椅子上下来，可缠头巾男士不让。餐饮店的女服务员过来了，说："让他下来，让他下来。"她端了一杯橙汁要给他，史雷克伸出手想去拿，却一直够不到。

然后他又忽然走到了街上。这是他以前住处附近的街道吗？寒风钻进史雷克的上衣，他觉得好冷。但很快太阳又出来了，他又把上衣脱掉。

史雷克梦境中的泥沼里，有蛇和鳄鱼在冲撞、摔跤、乱咬和厮打。泥沼先是黏湿冰冷，接着又热气腾腾，最后，沼泥升高，将他覆盖了——或许是他自己跌进去又爬出来的。在他患病的几个日夜，这样的梦境不断重复着。

那几天，史雷克体内的小鸟在凄厉地哀号。

他不知道自己是什么时候醒来，又是什么时候睡着的。有时他以为自己睡着了，其实醒着；有时他以为自己醒着，却是睡着了。他没有意识到时间到底溜走了几天，也没发现那只老鼠仍旧天天都来报到。

头一天，老鼠吃掉了史雷克带回家但扔在地上的那一纸袋食物。之后它又出现、等候、然后离开……每天都会来。

后来，在刚巧醒着的时段，史雷克听见地道里有一种以前从未听过的声音——有人在锤着什么。

过去好几天里，那个害得史雷克倒下的病因早就被他忘记了，而现在，地道里的声音又使他的神志异常清醒起来。"他们来啦！"铁锹、拖吊车、水泥搅拌机，都来啦。

史雷克从卧病多日的纸床上勉强爬起身，抓到了那张一直放在洞口旁的厚纸板。然后，他慢慢地、慎重地取来一支马克笔，在纸板上写了一个大大的红字。

从洞口探出头去，他相信自己没有认错，站台里正停着一辆维修车，车子的两颗白眼球亮着。他凝视着铁道和第三条铁轨，仿佛洞外正埋伏着一条鳄鱼和几条蛇。现在，史雷克要出去与它们会合了。

他艰难地拖着身子，爬过洞穴边缘，进入隧道。

另一条轨道上？

　　威利斯·维尼驾驶的列车正停在大中央车站的城区站台边。这趟列车将是这条发生事故的隧道维修之前，经过这条线的最后一班车。白灯亮起，表示所有的车厢门都已关好，他正要开动时，驾驶舱的舱门又晃开了。今天一整天，那扇门老是讨人厌地晃开。他发誓，这回非把它修到乖乖固定好不可。

　　他拉出刹车杆，用它充当铁锤，对准门闩用力地敲了几下。然后他试了试那扇门，比之前好点儿了，但仍不保险。于是他放轻力道，又用那根刹车杆敲了几下。好了，现在他可以专心地回到工作岗位上，把这些咩咩叫唤的羊载到集市上去了。

他检查了一下气压和导管压力的指数，将刹车杆推到开关位置，列车于是启动向前。他希望能弥补刚才耗费的一点时间。

正在那个当儿，他瞧见了——前方车轨上有只迷途的羔羊。唉，总是会走丢一两只……但接着，他看见了那块标牌，上面写着：

停

千钧一发的那个瞬间，威利斯终于意识到自己就是那只领头羊。于是，他刹住了列车。

14. 生平第一张明信片

接下来的十秒钟，威利斯·维尼在车外的轨道上抱起了瘫倒在地的史雷克，那张写了大字的厚纸板掉在一旁。威利斯抱着史雷克在轨道上站起来，如同抱着自己的儿子和女儿。他低头注视着面色苍白的史雷克，身体不由得颤抖起来。

一大群乘客跑到车厢前面来，想看看到底出了什么事。威利斯在大伙儿的协助下，先将史雷克放到车厢的地板上，然后才登上车。接着，他又把史雷克抱在臂弯里，一直那样抱着，走过列车的十节车厢。

一直走到最后那节车厢里，威利斯才把史雷克放下来。地铁警察已经在那儿等着了。

　　"我们需要做一份完整的报告，"警察说，"你下班后，来我们这里说明一下。"

　　于是威利斯又穿越整辆列车，走回属于他自己的那节车厢。

　　一路上，他注视着乘客们的脸庞。刚才走过去时，他已经瞧见这些人了。可是这一回，威利斯看得出来，这些乘客的面目一点儿也不模糊，每个人都跟他一样，是一个个独立的人。威利斯还认为，他清清楚楚地看到了，每个人都有灵魂。

　　他走到车头，聚精会神地开着车。刚才的经历仿佛是一场布道，而他作为司机，是受到了神的召唤。在他的身后有好几百名乘客，个个都在仰赖他安全地载他们离家去工作或者回家，仰赖他载着他们的儿女，平安地穿越市内数不清的地铁隧道。

　　此外，还有一件要紧事触动了威利斯：他知道，过不了几个钟头他就可以回家与家人团聚了。

　　史雷克睁开眼睛时，正躺在救护车里，有一个面具样的东西罩在他的鼻子和嘴巴上。周围有人声，但都只是嗡嗡嘤嘤的，他不觉得有什么重要的。至于自己身在何处，他不清楚，也不在乎。

他也不觉得惊慌。一路上，透过身旁的窗户，史雷克随时都能瞧见由建筑物的轮廓映衬着的天空。天空是蓝色的，不是绿色的。

好像最后这一点对他来说才是重要的。史雷克两眼一闭，又进入了宛如睡眠的状态。

威利斯做完报告后，与那名地铁警察谈了几句话。

"那孩子会被控告吗？"威利斯问。

他说话时，发现警察在仔细瞧着他。

"哦，应该不会。"警察说着，眼睛还在盯着威利斯，就像要看进他的内心，"这孩子好像患了肺炎，现在还几乎无法自主呼吸。是受到惊吓了吧。依我看，他是真的病了才会神志不清地跑出车外，跑到铁轨上。"

"我也是这么想的。"威利斯说。

做完报告后，威利斯赶到医院，想看看能不能去探视史雷克。医生说还不能探视，那孩子还戴着氧气罩。而且，他们还不知道孩子的姓名。

威利斯在医院外面买了一张明信片，写好了留在医院的桌上。收信人写的是"地铁少年"。

几天后，史雷克的身体好些了，明信片被送到他手上。那是一张大大的卡片，上面印着一束花，花朵处经过了加压凸起的处理，能触摸得到。卡片的内页用花哨的字体印着"想念着你"，下面的署名是"威利斯·维尼"——那是威利斯的亲笔签名。

收到生平这第一张明信片，史雷克感到非常震撼。一来，他并不知道威利斯·维尼是谁；二来，他居然会收到不认识的人的明信片，这只有让他更加震惊。这个世界原本充满了他所不认识的人，所以其实认不认识对他而言并不那么重要，重要的是那个古怪的事实：有人正惦念着他。

15. 向上吧，少年

如假包换的床垫、在床上就可以享用的热气腾
腾的饭菜、令人舒服极了的温暖……在医院这几天
所享受到的舒适生活，很大程度上缓解了史雷克头
部和胸部的不适、身体的虚弱感以及丧失行动自由
的苦恼。

那几天，史雷克常常会想起地铁里的家。那个
家在他的脑海里无比清晰：列车与时间一起飞驰而
过，提灯的光线打在他用衣架扭成的小汽车上，将
阴影投射到房间的墙壁上——那是他在私人房间里
的欢悦庆祝。每次回想都让史雷克感到阵阵心痛。

但随着日子一天天过去，他渐渐地觉得自己和以前的邻居一样要试着接受失去了。以前他总听那些邻居抱怨，说什么公寓被烧啦，房东赶走他们却扣留他们的东西啦，种种事故害得他们失去了一切。但他们总归是有东西可失去，这在那时多少妨碍了史雷克对他们寄予完全的同情。如今，史雷克也得忍受失去了——失去家、失去自己在这世间所有的家当。他，史雷克！

　　在睡着之前，他躺在床上，沉痛抑郁地想着，也许此刻工人们正在给他的洞穴入口抹水泥，要将它封闭起来。就如同他在学校课本上所学到的，他们会像封闭埃及坟墓一样，把那个洞永远地封起来，封存史雷克和他所有的东西以及食粮，好让他的灵魂饿的时候就有东西吃。可问题是，史雷克的灵魂还在那个墓穴中吗？他觉得没有，他已从墓穴中逃出来了。

　　生命永不止息。那天晚上，在地面之上，史雷克于半梦半醒之间这样想着。

　　那段时间，史雷克体内的小鸟原本一直很安静，后来因为社工人员的来访，它又有些焦躁了。

那位社工来的时候朝气蓬勃，但在问到史雷克的家人和家庭情况时，脸上露出了担忧的神色。

家人？没有；家？也没有。史雷克一概含糊地摇头。但他肯定得住在什么地方吧——跟朋友一起住的吗？对于每个问题，史雷克都只会摇头，这让那位一心想帮助他的社工大惑不解。

"你不用担心，我们会照顾你的。你就住这儿，直到身体康复。然后在找到你的亲友之前，我们会看看有什么青少年机构适合你，可以暂时安置你。现在，你要做的事就是好好休养，赶快恢复健康。我会再回来的，你有什么想要的东西吗？"

"我的衣服，"史雷克说，"还有眼镜。"

社工听完，跟楼层管理员说了些什么。

之后的几天，史雷克原来的衣服就从此消失了，取而代之的是一套很合身的干净衣物。除此之外，他们还给他做了视力检查，配了一副新眼镜。

拿来还给史雷克的物品当中，有一个封好口的信封，里面装着原本放在他外套口袋里的皮夹、几把钥匙以及零钱。"也许你会想在医院的手推车那儿买点什么。"楼层管理员说。

史雷克不喜欢被安置在什么青少年机构,一想到这一点,他就焦虑难安。眼下什么事都不用自己费心,都很合乎心意,他几乎要盼望这场病生得再久一些,几乎就要……但史雷克已经见过了湛蓝的天空,而且自从十一月那天在哥伦布圆环站进入地铁以来,他这是头一次感觉内心有强烈的欲望,想再次看到蓝蓝的天空,想去感受它,真实地站在天空之下。

史雷克思念天空。最后他终于想出了一套计划,也让内心的小鸟最终安静了。

事实上,那只小鸟变得特别安静,以至于有一天半夜里,史雷克梦见小鸟死了——他实在不知道体内有只活鸟比较恐怖,还是有只死鸟更恐怖。后来,史雷克就睡不安稳了。快天亮时,他终于睡着了,那只小鸟又慢慢地在史雷克的肋骨间张开翅膀,而史雷克经过了好一阵翻来覆去,好一阵紧张用力,最后一个作呕,让小鸟得以自由地飞走了。

感觉到小鸟的离开，史雷克猛然惊醒了，意识和警觉全部都提了上来，但还是没能及时亲眼看到小鸟离开。它飞到走廊里去了吗？它不再困在史雷克的肚子里，但却被困在了医院里？如果大家发现了它，会怎么应对呢？史雷克的喉咙又干又痛，但他的胸腔和肚子里已没有了小鸟的鼓噪。

有谁还记自己第一次见到天光的日子？或许有些人记得，但其中最特别的一个人就是史雷克——他就要诞生了！

当史雷克觉得身体复原，体力也已恢复的那一天，他没有等待那位亲切的社工帮他找到一个机构，便从医院里解放了自己。

他站在医院大楼外，大口大口地呼吸着。空气里有春天的味道，但也还留有冬天的气息。史雷克对自己的第一个印象是，他长高了。可惜那儿没有可比照着测量的东西，他甚至也没办法从变小了的衣服来判断，因为他身上穿的早已不是他原来的衣服了。可是，他确实长高了。不过这也可能是因为他看待事物的角度有了变化——他现在不再拼命地

盯着路边看，而是直挺挺地望出去，望向远方，甚至是往上望了。

新眼镜对于他看待这个世界的影响，实在是很奇妙。以前三米外他就看不清了，现在那些景物却被清清楚楚地拉到他眼前。不仅如此，他抬眼仰望附近的建筑物和蓝天时，还能看见一只小鸟停在一栋大楼顶部突出的地方。那是哪栋大楼？对了，正是这家医院的大楼！是哪只小鸟停在那儿？是他的小鸟吗？有这个可能。那么它从大楼里逃出来了？

小鸟只在那儿停留了一会儿，便展翅翱翔。它跟史雷克待在一起太久了，现在他们都自由了。

史雷克告诉自己，你已见到了真正的美好。除了奔跑、扫地和东张西望，你还要会点儿别的什么！

我们大可以说史雷克在此之前的整整一辈子，都待在重重石块的下方。现在，他生平头一次，敏锐地觉察到自己正行走在石块上方，而不是下方。可是，他却不想在上方这些街道上逗留。某种本能驱使他转过身，向最近的地铁口走去。

可就在走进地铁口，开始往下走的那一瞬间，他又停住了，想转头再看一次天空。那只逃离史雷克、在天空中自在翱翔的小鸟，是多么幸运啊！

史雷克将目光放低了一些。这一眼，如果不看向天空，那他会不会看见那些实实在在的屋顶呢？

史雷克对屋顶并不是一无所知。他知道屋顶上有废弃的水塔，有旧升降机的遮棚，有无人照看的鸽笼。在这么多的屋顶当中，从其中的某一个底下，他就能够天天望见天空——是蓝的，或者，即使是灰的也罢。

可问题是，如果回到那个屋顶去仰望天空，那清洁工女士、缠头巾男士、女服务员、他的工作，还有那只老鼠该怎么办呢？那只老鼠，现在同史雷克一样都被墙壁阻隔在那个洞外了。他明白。至于其他的人……也许不久后他还会见到，但不是现在。

现在，史雷克有更要紧的事要做。

他转身，抬腿走上台阶，走出地铁。

史雷克不太确定自己到底要去哪里，但他知道，大致的方向是——向上。

图书在版编目（CIP）数据

地下121天/（美）霍尔曼著；蔡美玲译.
一昆明：晨光出版社，2013.10（2024.12重印）
ISBN 978-7-5414-6073-9

Ⅰ.①地… Ⅱ.①霍…②蔡… Ⅲ.①儿童文学－中
篇小说－美国－现代 Ⅳ.①I712.84

中国版本图书馆CIP数据核字（2013）第228593号

本书中文简体版由阿拉丁图书出版公司〔美〕授权云南晨光出版社有限责任公司独家出版。未
经出版者许可，任何单位或个人不得以任何方式复制、摘录或抄袭本书中的任何内容。

著作权合同登记号 图字：23-2013-078号

DI XIA TIAN

地下121天

出 版 人 吉 彤

作 者 〔美〕费利斯·霍尔曼
翻 译 蔡美玲
绘 画 贾雄虎
项目策划 禹田文化
责任编辑 李 政 常颖雯 付凤云
版权编辑 杨 娜
美术编辑 刘 璐
封面设计 萝 卜
版式设计 刘 璐
内文排版 呼世阳

出 版 晨光出版社
地 址 昆明市环城西路 609 号新闻出版大楼
邮 编 650034
发行电话 （010）88356856 88356858
印 刷 固安兰星球彩色印刷有限公司
经 销 各地新华书店
版 次 2014 年 1 月第 1 版
印 次 2024 年 12 月第 29 次印刷
开 本 145mm×210mm 32 开
印 张 5.5
I S B N 978-7-5414-6073-9
字 数 88 千
定 价 20.00 元